— 書き下ろし長編官能小説 —

ふたたびの熟れ肉

鷹澤フブキ

竹書房ラブロマン文庫

目次

この作品は、竹書房ラブロマン文庫のために
書き下ろされたものです。

イントロダクション

「んんっ、んふぅっ……」

照明を落とした室内に、猛《たけ》りきったモノを咥《くわ》えた女の口元からこぼれる艶《なま》めかしい吐息が充満している。

獲物に喰らいつく女豹《めひょう》のように前のめりになった女のシルエットを照らし出しているのは、音量をかなり下げたテレビの液晶画面だけだ。

「いいよっ、和佳奈《わかな》、そこ、すっごくいいよっ、もっと舌を伸ばして、いやらしく舐《な》め回してくれよ」

背筋をざわざわと這いあがってくる快美感に、板垣博光《いたがきひろみつ》は眉頭を寄せながら、くぐもった声を洩《も》らした。

「もう、博光ったらエッチなんだからぁ」

上目遣《うわめづか》いで見あげてくる桧原《ひのはら》和佳奈と視線が重なる。ルージュで彩《いろど》られた口元は、唾液《だえき》とも先走りの液体ともつかない水分を帯びていた。

和佳奈の口元が妖しく蠢《うごめ》くたびに、ちゅぷっ、ぢゅるぷっという湿っぽい音があがる。淫靡《いんび》なメロディーを聞いているだけで、玉袋の辺りにきゅうんと甘ったるい感覚を覚えてしまう。

「チ×ポをしゃぶってる和佳奈の顔ってエロすぎるんだよ。チ×ポに舌が絡《から》みつくのを見ると、どんどん硬くなっていくみたいだ」

頰《ほお》にかかる艶々《つやつや》とした黒髪をかきあげながら、博光は彼女の口元を凝視した。

「はあっ、博光ったら本当にフェラが大好きなんだから」

和佳奈は鼻にかかった声を洩らしながら、高々と突き出したヒップを左右にくねらせる。自宅ということもあって、和佳奈はふんわりとした質感のワンピース姿だ。前《ぜん》傾姿勢《けいしせい》を取っていることで膝丈《ひざたけ》のワンピースの裾《すそ》がずりあがり、女らしい曲線を描く太腿《ふともも》がちらりと顔をのぞかせる。

博光は薄手のニットセーターに、コーデュロイのパンツを合わせたファッションだ。足元から引き抜く間さえ惜しんだパンツとトランクスは、膝の辺りで留まっている。

二十八歳の博光は輸入食品会社で営業職をしている。顧客は主に飲食店だったが、ここ数年は個人消費の増加も見込んでネット販売なども展開するようになってきた。

このところは仕事に追われることが多く、交際《こうさい》をはじめてから二年近くになる同い年の和佳奈とデートをすることもままならなかった。もちろん、身体《からだ》を重ねるのも久しぶりのことだ。

週末にひとり暮らしをしている彼女の自宅で手料理をご馳走になる約束をしてから、五日間オナニーは我慢していた。

ストレスに比例するように若い身体は性欲や精液が溜まるみたいで、ぱんぱん状態の淫嚢《いんのう》がずっしりと感じられるほどだ。

「気持ちよすぎて我慢できなくなりそうだ」

言うなり、博光は堪《こら》えきれないと訴えるように、ワンピースに包まれた和佳奈の胸元を荒々しいタッチでまさぐった。

「あーんっ、せっかちなんだから……」

「だってさ、久しぶりなんだよ。このままじゃ、和佳奈の口の中でいつ暴発してもおかしくないよ」

不満げな声を洩らした和佳奈の言葉を遮《さえぎ》るように、博光は彼女の後頭部を両手で押さえ込むと、深々と埋め込んだ。苦しそうな呼吸とともに、ぬるついた口内粘膜が肉幹にぺったりと密着する感触が強くなる。

「やっべえっ、和佳奈の口ん中、気持ちがよすぎるっ」

博光は唸《うな》るような声を洩らした。久しぶりのセックスなので楽しみたい、楽しませなければと思っていたというのに、いざはじまってしまえばそんな余裕めいた気持ちなどどこかへ吹き飛んでしまう。

柔らかく吸いついてくる頰の内側の粘膜と舌先が巻きつく感触が心地よすぎて、このままでは本当に和佳奈の口の中に白濁液《はくだくえき》を撒《ま》き散らしてしまいそうだ。それだけは避けなくてはと下腹部に力を込め、二度三度と深呼吸を繰り返す。

「なっ、いいだろう？　これ以上、辛抱できそうもないっ」

和佳奈の答えを待つ余裕などなかった。博光は彼女の口元からペニスをずるりと引き抜くと中腰になり、おろしかけていたパンツとトランクスを、一緒くたに脱ぎ去った。和佳奈のワンピースの裾をまくりあげて、下腹部を覆《おお》っていたショーツを毟《むし》り取《と》る。

液晶画面から洩れる光によって、二十代後半の下半身が浮かびあがる。博光はごくりと喉《のど》を鳴らすと、両の太腿を支えるように抱え持つとその肢体に挑みかかった。威《い》きり勃《た》った肉柱に舌先を這わせることに興奮していたのだろう。亀頭の先が触れた途端《とたん》、花びらの合わせ目からとろんとした牝蜜《めみつ》が溢《あふ》れ出してくる。

博光はこれ以上は硬くならないと思えるほどの勃起角度《ぼっきかくど》を誇示するペニスの先端で、花びらを上下になぞるようにして濃厚な潤《うる》みを塗《ぬ》り広げた。クリトリスが充血している感触を亀頭の先に感じながら、ゆっくりと腰を前に押し出していく。

「あーんっ、もうっ……あっ、あぁっ……」

ぢゅぷりという音を奏《かな》でるようにペニスをこじ入れた瞬間、眉間に皺《しわ》を寄せて男の暴挙に不満を露《あら》わにした和佳奈の声が裏返る。

「やっぱり、いいよ、和佳奈の膣《なか》は。フェラも気持ちがいいけれど、比べ物にならないよ」

体重をかけるようにして肉棒を深々と埋め込むと、博光は和佳奈の背中に手を回し、切ない喘《あえ》ぎを吐き洩らす口元に唇を重ねた。

「あんっ、入ってる。奥まで入ってるぅーっ」

これでもかとねじ込むほどに、和佳奈の声がしどけなさを孕《はら》んでいく。最初は受け止めているだけだったキスも、いつしか和佳奈のほうから舌先を絡みつかせてくる。

「いいよ、和佳奈、気持ちよすぎて我慢できなくなりそうだっ……」

押し寄せてくる喜悦《きえつ》に、博光は喉の奥に詰まった声を洩らした。深く浅くと抉《えぐ》るように蜜壺をかき乱すと、濡れそぼった肉壁が肉茎に取《と》り縋《すが》ってくる。まるで逃がさないと言っているみたいだ。

「くうっ、あんまり締めつけたら、んあっ、我慢できない。だっ、だめだっ、でっ、射精《で》るぅっ……！」

雄叫《おたけ》びとともに鈴口から熱い樹液がどくっ、どびゅっと打ちあがった──。


「久しぶりだっていうのに、強引なんだから……」

精液を一滴《いってき》残らず放出し満足げに仰向《あおむ》けに倒れ込んだ博光に対して、背中を向けるように横たわった和佳奈は明らかに不機嫌な声を洩らした。

「そんなことを言ったって、和佳奈だって感じていたじゃないか。挿《い》れる前からオマ×コはびしょ濡れになってたよ」

「そういう問題じゃないでしょう。久しぶりのデートなのに、疲れているっていうから外食じゃなくて手料理を振る舞ったのに、勝手に興奮して勝手にイッちゃうなんて。ちょっと自分勝手すぎるんじゃない」

「いまさら、そんなことを言われたって……」

「自分だけイケばいいってひどいんじゃない。わたしはイッていないのに。これじゃあ、デートもエッチも手抜きをされてるみたいだわ」

一度口をついて出た不満は、そう簡単には収まらないらしい。抱え込んでいた思いを博光にぶつけてくる。

「なっ、なんだよ。疲れているんだから仕方がないだろう。もっと優しくしてくれてもいいんじゃないか」

「わたしが優しくしていない？　十分に労《いた》わっているつもりだけど」

こうなってしまうと、売り言葉に買い言葉で冷静さを失ってしまう。

「わかったよ。じゃあ、ぼくが全部悪いってことだよな。うん、わかった。悪かったよ」

吐き捨てるように言うと、博光は床の上に脱ぎ散らかしていたトランクスとパンツを穿き、和佳奈の部屋から飛び出した。


勢いのままに部屋を飛び出したのはいいが、そのまま自分のマンションに戻る気にはなれなかった。気持ちを紛《まぎ》らわせるために、強いカクテルでも飲みたい気分だ。

足が向かったのは、かつて通っていたバーだった。マスターと男性スタッフしかいない店だが、こんな夜は誰かと話すよりもひとりでグラスを傾《かたむ》けたかった。

週末ということもあってか、店内は混み合っていた。オーダーしたのはロングアイランド・アイスティーというカクテルだ。これは元カノのひとりの美桜《みお》が好きだったカクテルで、紅茶を一滴も使わないのにアイスティーみたいな風味がするものだ。

見た目はアイスティーだが、複数のアルコールを組み合わせたかなり強いカクテルで、美桜はグラスが空になる頃には博光にしなだれかかってきた。

美桜のやつ、たいして強くもない癖に年上だからって、いつもお姉さんぶってコレばかり頼んでいたっけ。いまはどうしてるんだろうな。つまんないことで別れたけど、あのまま付き合っていたらどうなってたんだろう……。

昔と変わらない内装《ないそう》を見ながら、博光はグラスを手に思い出に耽《ふけ》った。強いカクテルを口にしているというのに、飲めば飲むほど思い出が色鮮やかに蘇《よみがえ》ってくる。元カノたちとの記憶をたどりながらカクテルグラスを三杯空《から》にする頃には、かなりふわふわとした心持ちになっていた。

会計を済ませて外に出ると、ひんやりとした夜風が頬を撫でていく。普通ならば肩をすくめて足早になるところだが、火照《ほて》った身体にはちょうどよかった。

ふと空を見上げると綺麗な満月が輝いていた。マンションに向かうには歩道橋を渡らなくてはならない。やれやれと思いながら歩道橋の階段をのぼりはじめたところで、こちらに向かってくる人の姿があることに気がついた。

月の光を浴びているせいか、そのシルエットがくっきりと浮かびあがる。真っ黒いロングコートに、くるぶしの辺りまで届くロングスカートの裾が揺れるさまが優雅に思えた。

緩《ゆる》やかに結いあげた髪の色は、白髪を通り越して透《す》けるような銀色に見える。月明かりに浮かびあがるその姿は、まるで一枚の絵画みたいだ。

博光の足は自然と止まり、こちらへと近付いてくる女の姿に暫《しば》しの間見惚《みと》れていた。

女の足取りは極めてスローテンポだ。ふたりの距離が近付くにつれて、カツカツという靴音が少しずつ大きくなっていくのが妙にリアルに思えた。

あと五段ほどですれ違うというところで、足をもつれさせたのか、銀色の髪の女の足元が大きく揺らいだ。

あっ、危ないっ……。

そう思ったときには反射的に身体が動き、バランスを崩して落ちてくる女の身体を受け止めていた。

あっ……やっ、やばいっ……。

月光に照らし出されていたときには気がつかなかったが、その肢体は想像していたよりも、はるかに華奢《きゃしゃ》に思えた。

普段ならば容易《たやす》く受けとめることができただろう。しかし、博光もほろ酔い状態で、足元がややふらついていた。

まずいっ……、踏ん張らないと……。

力んだときにはもう遅かった。女を胸元に抱きかかえたまま、博光は背中から階段を転げ落ちていた。

ううっ……。ひとりならば受け身を取ることもできたかもしれないが、他人を庇《かば》おうとしたせいで、受け身を取ることも叶《かな》わず、したたかに背中や腰を打っている。

胸の中に抱きかかえた女の無事を確かめる言葉をかけたいが、まともに声を出すこともできない。口元から洩れるのは、激痛を堪える低い呻《うめ》き声だけだ。

そのとき女が口を開いた。

「だっ、大丈夫ですか？」

わずかに違和感を感じる抑揚《よくよう》のついた口調。痛みのあまり薄れていく意識の中で、博光は女の姿を改めて見つめた。

月明かりを背後から受けていたときには気がつかなかったが、その風貌は明らかに異国の匂いをまとっていた。

「ごめんなさい。わたしのせいで……」

心配そうにのぞき込む顔には、元来からであろう彫りの深さとは異なる、年齢を重ねたことによる幾つもの皺が深々と刻まれていた。

端正な顔立ちゆえか、その皺のひとつひとつさえも彼女が過ごしてきた長い年月を表しているみたいだ。

「待って、いま、救急車を……」

意識が遠くなっていく博光の手を握り締めながら、老婦人は懸命に呼びかけてくる。

意識があったのはそこまでだった。


気がついたときには、博光は白々とした照明に照らし出された病室にいた。ことの経緯はわからないが、気を失っている間に病院に担ぎ込まれたらしい。

呼吸をするだけで痛みを覚える身体には無数の管が繋《つな》がれている。ドラマなどでしか見たことはなかったが、どうやらここは集中治療室のようで看護師たちが忙しそうに出入りをし、患者たちの容態を確認している。

「あっ、あの……ぼくは……」

「気が付きましたか？　板垣さんは歩道橋から落ちたということで、救急車で搬送されてきたんです。板垣さんが庇われたご婦人は軽い打撲程度で済みましたよ」

「そうだったんですか」

助けた老婦人の容態を聞いた途端、気が抜けたのだろうか。博光は再び意識が遠のいていくのを感じた。

「いまは痛み止めが効いていますから、多少は楽に感じられると思いますが、眠れるようならばお休みになられたほうがいいですよ」

「あっ、はい……」

まぶたを閉じると、急に身体が重くなってベッドに沈み込んでいくみたいだ。博光はそのまま眠りの底に引きずり込まれた。


再び目を覚ますと、そこは集中治療室ではなかった。

まるでハイクラスのシティーホテルのような内装。博光が横たわったもの以外にはベッドは見当たらず、他の患者の姿もなかった。それどころか、広々とした室内には応接セットまで置かれていた。

それだけではなかった。応接セットには昨夜の銀髪の老婦人とともに三十代と思われる女が腰をおろし、茶を飲んでいた。

こつ、ここは……。

自身が置かれた状況が理解できない。博光は室内を見渡した。首をわずかに左右に動かしただけで、全身に痛みが走る。これが夢ではない証《あかし》だ。

「伯母《おば》さま、目を覚まされたようです」

「おお、本当ですか？」

女たちはカップをテーブルの上に置くと、慌てたようすでベッドサイドに駆け寄ってきた。

「あっ、あのぉ」

博光は怪訝《けげん》そうな声を洩らしながら、女たちの顔をまじまじと見つめた。銀髪の老婦人には確かに見覚えがあった。月明かりの下と室内では雰囲気が違うが、明らかに生粋の日本人とは趣《おもむ》きが異なる、目鼻立ちのはっきりとした顔を見間違うはずがない。

その隣にいる女もやはりエキゾチックな雰囲気を漂《ただよ》わせていた。よくよく見比べると、ふたりの雰囲気はよく似ていた。

「申し訳ありません。昨夜は伯母がご迷惑をおかけしました」

若いほうの女は深々と頭を垂れると、「オフィス・ソーレ」という会社名が書かれた名刺を差し出した。ピンク色の和紙製の名刺には、マネージャーという肩書とともに若槻《わかつき》ダニエラと記されていた。

「事務所の代表は伯母のアドリアナで、わたしはマネージャーをしています。助けていただいたお礼といいますか、入院中はこの特別室をご用意させていただきました」

「いえ、そんな、助けたっていうほど大袈裟《おおげさ》なことでは。おまけにこんな特別室なんて」

「とんでもないことです。お医者さまから伺いました。板垣さまがいらっしゃらなかったら、伯母は生死にかかわる大怪我を負っていたと思います。つい先ほどまでは板垣さまのお母さまもいらっしゃったんですが、着替えなどのこともあるのでお帰りになられました」

そう言うと、ダニエラはもう一度深々と頭をさげた。流暢《りゅうちょう》すぎる日本語から察するに、日本で生まれたかそれに近い環境で育ってきたのだろう。

アドリアナは涼やかな銀色の瞳で博光の顔をじっと見つめている。顔というよりもまるで博光の背後にあるものを見据えているような視線に、思わずどきりとしてしまう。

「あの、ええと……」

胸の内を見透かされるような気まずさに、博光は視線を泳がせた。

「あっ、申し訳ありません。伯母はシャーマンをしているので、いろいろと観《み》えるんです」

「シャーマン？」

「はい、うちの家系は代々祈祷《きとう》や呪術《じゅじゅつ》などを生業《なりわい》にしてきたんです。いわゆる霊能者や巫女《みこ》と言えばわかりやすいでしょうか。特に伯母は家系の中でも優秀だと言われているんです。有名な霊能者というとメディアに出ているイメージがあると思いますが、伯母のクライアントは政財界の方々が多いので表に出ることはないんです。この病院にも伯母と懇意《こんい》にしている方のご紹介で、入院にあたっていろいろと便宜《べんぎ》を図《はか》ってもらいました」

「は、はあ……」

にわかには信じがたい話をされて、博光は目を白黒させるばかりだ。それでも、こんなに豪華な病室を用意してくれたのは確かなことなので、納得するほかない。

アドリアナはダニエラの説明を黙って聞いていた。思慮深げな光を放つ瞳で見つめられると、胸の奥底に隠していることまで見抜かれているような心持ちになってしまう。

「あっ、あの……」

言い知れぬ不安感が胸を突きあげてくる。そんな気持ちになってしまうのは、ここが日常生活とはかけ離れた病室だからという理由だけではなさそうだ。

「ふぅむ、あなたには心残りが五つあるように見えます」

「えっ、五つの心残りって……？」

アドリアナの言葉に、博光は目を見開いた。

「ご自身でも、それがなにかわからないようですね。心残り、あるいは未練という言い方もできますね」

アドリアナが目くばせをすると、ダニエラは大事そうに抱えていたバッグを手渡した。

バッグの中を探ると、小さなポーチから玉のようなものを複数個取り出した。それを左の手のひらに載せると、念じるように右手を重ね、ふうーっと息を吹きかける。

厳《おごそ》かな儀式めいた仕草を、博光はただただ瞳を凝《こ》らして見つめた。重ねた右手をあげると、現れたのは素焼きのように見える小さな玉だった。玉の大きさはそれぞれ直径一・五センチくらいだろうか。

「それでは、これを持っているといいです」

アドリアナの言葉に促《うなが》されるように、博光は右手を差し出した。手のひらに小さな五つの玉が載せられる。

「これって？」

「これを持っていれば、五つの心残り、未練がなんなのかわかるはずです」

独特のイントネーションの物言いが、逆に奇妙な説得力を感じさせる。アドリアナは五つの玉を持ち運びしやすいようにと、布製の小さな袋に入れてくれた。

「わかりました。大切に持っています」

「それでいいです。命の恩人には恩を返さないといけないですからね」

袋に入った五つの玉を恭《うやうや》しく受け取った博光を見ながら、アドリアナは意味深に笑ってみせた。

第一章　初恋の人は破廉恥ナース

怪我の症状の説明のために病室にやってきた医師によれば、幸いなことに骨折などはなかったが背中からもろに階段を落下したために打撲や捻挫《ねんざ》がひどく、検査のために数日の入院が必要とのことだった。

意識が戻ってすぐに会社には事情を説明し、休む旨は伝えていた。特別室は自宅以上に設備が整っている。ベッドから起きることなく、リモコンひとつあればテレビなどを観ることもできた。

参ったな。今月のノルマだって、まだ全然こなせていないってのに……。

ベッドに横たわりながら、博光はため息をついた。勤務しているのは輸入食品を扱《あつか》っている会社で、主な取引先は飲食店だ。しかし、近年は外食産業だけでは厳しいこともあり、個人向けにネット販売も展開している。

そんな中で数日とはいえ、入院することを考えると憂鬱《ゆううつ》になってくる。口うるさい上司が、皮肉を言いたげに口元を歪《ゆが》める表情が浮かんでくるみたいだ。

そんなときだ。枕元に置いていたスマホが振動した。一般病室ではメールしか使えないが、ここはホテル並みの設備を備えた特別室なので、通話も自由にできる。

液晶画面に表示されたのは、直属の上司の名前だった。本音を言えば電話には出たくはない。とはいえ、電話が繋がることは伝えているので無視するわけにもいかない。

「はいっ、板垣です」

上司の第一声が罵声ではないことを祈るように、スマホを耳元から少し遠ざける。

「板垣か、いったいどうなってるんだ。お前をわざわざ指名して大口の注文が殺到しているんだ。それもいままで何度営業をかけても相手にされなかった、チェーン展開しているSグループやKグループからも注文が来ているんだ。いったいどんな方法を使ったんだよ」

電話の向こうの上司が、早口でまくし立てる。キンキンと響く声からも、その興奮ぶりが伝わってくる。

「えっ、ぼくを指名って……」

突然そんなふうに言われても、博光にはまったく心当たりがなかった。事故に巻き込まれるまでは、いつも通りにサンプルとパンフレットを持って営業に回っていただけだ。

勇気を振《ふ》り絞《しぼ》って、大手のチェーン店にアタックしたこともあったが、すでに長年の取引先があるからとけんもほろろで、まったく相手にはしてもらえなかった。

「とりあえず、仕事のことは気にしなくていいからな。しっかりと身体を治して来いよ。社長もいたくご機嫌で、本当に助かっているよ」

上司は最後まで浮かれたようすで電話を切った。叱責されるとばかり思っていた博光は安堵の息を洩らした。

どっ、どうして……。

我に返ると、狐につままれたような気持ちになった。ふと、ダニエラの「伯母のクライアントには政財界の方々が多い」と口にした言葉が脳裏に蘇ってくる。

まさか、ぼくがアノ女性《ひと》を庇って怪我をしたことを気にして、あちらこちらに口を利いてくれたんじゃ……。

思い当たるのはそれしかなかった。この特別室にしても、博光のような二十代後半のサラリーマンが、入院できるような病室ではないことはひと目で理解ができる。

おそらくは不祥事を起こした政治家などが、検査や療養の名目のために利用する特別仕様の病室なのだろう。

いまどきの病院というのは、アレルギーや衛生面などから見舞いの品として花などを断ることが多いようだが、この特別室は例外のようで色とりどりの花が飾られていた。

また、内臓などの疾患ではないために、菓子などの嗜好品《しこうひん》にも制限がないらしい。ひとりでは食べきれないほどの見舞いの品が所狭しと置かれている。

職業柄、デパートなどを回り輸入食材などを目にすることが多い博光が見ても、ブランド名が入った包み紙から高価な品であることは一目瞭然だ。

それにしても、有名なシャーマンっていうのは聞いていたけれど、ここまですごい人だったんだな……。

室内を見回して博光は改めて実感した。そう思うと、アドリアナが儀式めいた所作をした後で手渡した、素焼きのような小さな五つの玉も効果が絶大なもののように思えてしまう。

博光はベッドサイドのテーブルの中にしまっておいた、小さな布製の袋を取り出した。袋から出した玉を手のひらに載せてみる。重さはほとんど感じない。薄い茶色の玉は、古代の遺跡から出土した土偶の表面みたいな質感だ。

手のひらに載せた五つの玉を天井から照明にかざして、しげしげと眺めていたときだ。

コン、コン、コン。病室のドアがノックされた。大部屋とは違い、特別室は基本的にプライバシーを重視するためかドアは閉められている。もちろん不測の事態に備えて、施錠《せじょう》はされてはいない。

「あっ、はいっ」

博光は返事をすると、アドリアナから渡された五つの玉を布袋にしまうと、ベッドサイドの引き出しの中に入れた。

ほどなくして、病室のドアが開いた。現れたのはピンク色のナース服に身を包んだ看護師だった。上品な膝下丈のナース服から伸びるふくらはぎを包んでいるのは、白いストッキングだ。足元には、ナース服と色を合わせたナースサンダルを履《は》いている。

黒髪は後頭部ですっきりと結いあげている。目元や頬を彩るメイクは淡いピンク色で、口元に塗ったベージュに近い桜色のルージュも艶感を抑《おさ》えていた。

控えめなメイクのせいで、楚々《そそ》とした雰囲気が漂っている。京人形を思わせる古風な美人タイプだ。

年の頃は二十代後半くらいだろうか。カルテを手にした立ち姿は、いかにも仕事ができそうな感じがする。

その背後には、いかにも新米という感じの若い看護師が隠れるように立っていた。

「念のためですが、お名前と生年月日の確認をさせていただきますね。板垣博光さん、平成五年六月七日生まれで間違いないですか？」

「ええ、間違いないです」

そう答えると、看護師は怪訝そうな表情で博光の顔をのぞき込んだ。

次の瞬間だった。

「いやだーっ、やっぱりヒロくんよね。カルテを見たときに名前に見覚えがあるなって思ったのよ」

「えっ、ヒロくんって……？」

「もうっ、わからないの。琴音《ことね》よ、山岸《やまぎし》琴音。高校生のときに同じクラスだったでしょう？　特別室の患者さんだっていうから緊張していたのに。誕生日の日付に五、六、七が並ぶなんて、そうそういやしないもの」

琴音と名乗った看護師は、ナース服の左胸に着けられた名札を突き出すようにして見せつけた。そこには確かに「山岸琴音」と記されている。

「琴音って、まさか……アノ琴音か？」

確かに琴音という名前には憶えがあった。

「アノの意味がわからないけれど琴音よ。まさかこんなところで再会するなんて、夢にも思わなかったわ。だって、同窓会とかにだって、一度も来なかったじゃない」

「ああ、同窓会か。通知は来ていたけれど、色々と忙しいときでさ。看護師になりたいって聞いた気はするけれど、本当になっているとは思わなかったよ」

「これでも努力家なのよ。おかげで、いまは特別室の患者さんを任されているんだから」

「ふぅん、たいしたもんなんだな」

博光は記憶の中に埋もれていた、高校の卒業アルバムのページをめくった。高校生時代の琴音は、クラスの女生徒の中でも姉御肌《あねごはだ》で面倒見がいいタイプだった。それを考えれば、看護師になったのも納得ができる。

高校生の頃と苗字が変っていないということは、いまだに独身ということなのだろう。

琴音の背後にいる看護師は、ふたりのやり取りを聞かないようにしているみたいだ。

博光の中では、琴音は単なるクラスメイトのひとりではなかった。いまだに鮮烈な色合いで蘇ってくる思い出がある。あれは高校三年生のクリスマスも近い頃だったろうか。

同級生の中でもひと際輝《きわ》いて見えた琴音をデートに誘ったのだ。正直、ダメ元というつもりだったが、彼女はふたつ返事でオッケーをしてくれた。

とはいえ、しょせんは高校生だ。いまならば流行のデートスポットを散策したり、人気の飲食店を予約することもできるだろう。

当時の博光が考えたデートコースは、アトラクションなどが人気の遊園地だった。その遊園地では陽が落ちると華《はな》やかなパレードが園内を巡回し、色とりどりの花火も打ちあげられる。

冬場の花火は夏の花火とは違い、空気が澄んでいるのでさらにくっきりと夜空に花開く。園内ではふたりっきりの雰囲気を味わいたいと、人混みを避けるカップルたちも少なくはなかった。

博光たちもその中のひと組だった。ふたりは夜空に次々と打ちあげられる花束のような花火を見あげながら、寒空の中で身体を寄り添わせた。心臓に響くような花火の音や周囲の音楽で、顔を近づけなければ互いの声が聞こえない。

知らず知らずのうちに、ふたりの距離が縮まっていく。あの日の琴音はロマンティックな黒いロングワンピースの上に、華やかなピンク色のフェイクファーのコートを羽織《はお》っていた。

ほとんど化粧っ気がない端正な顔立ちの中で、春先に咲くチューリップを思わせるナチュラルなピンクのリップクリームで飾られた唇が、高校生だった博光の視線を引き寄せる。

パレードも花火も佳境を迎えていた。周囲の人間たちは皆パレードや花火を見つめている。

キスをするならば、いまこの瞬間しかない。それを待ち侘びるように琴音はそっとまぶたを伏せた。

博光は両手で彼女の肢体を抱き寄せた。ゆっくりと近づいた唇が重なる間際、花火のフィナーレを告げるひと際大きな音が鳴り響いた。

それに驚いたように、琴音がまぶたを開いた。まともに視線が重なる。慣れた男ならばねじ伏せるように唇を重ねることもできただろう。

しかし、高校生の博光にはそんな真似ができるはずがなかった。

「ごっ、ごめん……」

そう言うのがやっとだった。気まずさに心臓がばくばくと鼓動を刻む。博光は琴音の手首を摑《つか》むと、パレードを鑑賞《かんしょう》する人混みの方へと歩いて行った。

「もう、ヒロくんの意気地なし……」

少し切なげな琴音の呟きが聞こえた気がしたが、あえて気がつかないフリをした。

結局、琴音とはそれっきりだった。

もしも、あの遊園地でキスをする勇気があれば、ふたりの関係は大きく違っていたのかも知れない。

アドリアナが口にした「心残り」という言葉が博光の心に反響する。

「一応、お熱を測りますね。特に痛いところとか、気になることはありますか？」

「いや、特には……」

博光は改めて琴音の姿を見た。高校生時代に男子生徒たちから憧憬《どうけい》の目を向けられていたのは、整った顔立ちだけではなかった。華奢な肢体には不釣り合いな乳房のふくらみも、彼らの好奇心を集めていた。

身体のラインを強調しないピンク色のナース服に包まれていても、二十代後半の熟《じゅく》しきった肢体は隠しようがない。

名札を留めた胸元の辺りのふっくらとした稜線が、牡《おす》の視線を引き寄せる。博光は気づかれないように、視線をすっと泳がせた。

「はい、お熱は平熱ですね。身体の痛みはどうですか？」

「いや、それはやっぱり痛みます」

「打撲や捻挫がひどかったので、それは仕方がないですね。いまの点滴にも痛み止めの成分が入っているんですけれど。痛みなどが我慢ができなかったら、いつでもナースコールを押してくださいね。それでは、お身体の清拭《せいしき》をさせてもらいますね」

「清拭って？」

「お身体を綺麗に拭《ふ》くことです。別に緊張しなくても大丈夫ですよ」

そう言うと、琴音は薄手の布団を剝《は》ぐと、短い浴衣《ゆかた》のような博光の入院着を留めている紐をしゅるりとほどいた。

インナーシャツは着ていないので、素肌が剝《む》き出しになる。入院着の下に着けているのはブリーフタイプのシンプルな下着だけだった。

そこで、博光は異変に気がついた。下着の隙間から細い管がベッドの下へと伸びていたのだ。

「あっ、これって？」

「ああ、これは尿道カテーテルですね。動くのが大変なので、挿管《そうかん》されたんだと思います。これを挿管しておけばお手洗いに行かなくて済みますから」

驚きを隠せずにいる博光を尻目に、琴音はなんでもないことのようにさらりと言ってのけた。

思えば、意識を取り戻してから尿意を感じたことがなかったのは、尿道カテーテルによってトイレに行かなくても済むようになっていたのだ。

「別に少しも恥ずかしいことではないですよ。それとも尿瓶の方がよかったですか？」

琴音はこともなげに笑ってみせた。生まれてはじめての入院生活を送る博光にとってはなにもかもが初体験だが、看護師である彼女にとっては日常生活の一部でしかないのだろう。

「じゃあ、清拭をはじめますね。ほら、男性って理髪店に行くでしょう。そんな気持ちでいればいいんですよ」

そう言うと、琴音は背後に立っていた看護師に目配せした。ベッドに横になっているとはいえ、大の男の体躯をひとりで支え、拭くのは厳しいものがあるのだろう。身体を拭く前に琴音たちは使い捨てタイプの薄手の手袋を装着した。

まずは蒸しタオルを使い、顔を丹念に拭き清められる。確かに理髪店で顔剃《かおぞ》りの前に、蒸しタオルで肌や髭などをほぐしてもらっているような感じだ。

顔面を綺麗に拭《ぬぐ》った後は耳や首などを丁寧に拭いていく。その後は手指や腕なども拭き清める。

さすがに胸部や腹部を異性に拭われるのは、恥ずかしい気持ちになった。特に相手はキスさえしていないとはいえ、一度だけデートをしたことがある同級生なのだ。

意識しないようにと思っていても、身体が強張《こわば》るのは仕方がないことだった。足の指先からふくらはぎ、太腿と琴音たちは慣れたようすで拭いていく。

「じゃあ、今度は背中を拭くので横向きになってもらってもいいですか？　打ち身もあるのでゆっくりでいいですから」

ベッドの上の博光は、まさにまな板の上に載せられた鯉のようなものだ。言われるままにするしかない。背中を拭かれた後は臀部《でんぶ》を覆っている薄手の下着をおろされた。剝き出しにされた尻を見られ、蒸しタオルで拭われるのを恥ずかしいと思う間もなく、蒸しタオルを手にした琴音の手が陰部へと伸びてくる。

「あっ、いやっ、そっ、そこは……」

博光は池から引きあげられた鯉のように、半開きの口元をぱくぱくとさせた。

「尿道にカテーテルを挿管していますからね。清潔にしておかないといけないんですよ。別に恥ずかしがる必要なんかないですよ。板垣さんは患者さんなんですからね」

琴音はあえて苗字で呼んだ。まるで、これはあくまでも仕事の一環だと念を押しているみたいだ。

風呂に入っていない肉棒、ましてやその先端の割れ目には細いチューブが挿し入れられている。かつてデートをした相手に見られて恥ずかしくないはずがない。

琴音はカテーテルが挿管されたペニスを手袋を装着した指先でしっかりと摑むと、肉皺の間の汚れを落とすようにタオルでじっくりと拭いていく。

この場から逃げ出してしまいたいくらい恥ずかしいのに、牡の身体というのは不可思議なものだ。すらりとした指先で摑まれていると思うと、ほんの先ほどまで恐縮したように縮こまっていたペニスが、ひゅくんと妖しい蠢きを見せ、硬さを変化させていく。

これに一番面喰ったのは、他ならぬ博光自身だった。冷静になれ、鎮《しず》まれと焦《あせ》れば焦るほどに、海綿体に血液がどくどくと流れ込んでいくみたいだ。

素手ではなくて、薄手の手袋越しに握り締められているという特殊な状況も、奇妙な興奮を呼び起こしているのかも知れない。

「はーい、大丈夫ですよ。ちょっと緊張しちゃったのかも知れませんね」

琴音は気遣うように囁くと、後輩の看護師から見えないように下半身をタオルケットで覆ってくれた。

なっ、なんでだよ。こんな状態で勃《た》つなんて変態みたいじゃないか……。

自身の身体の反応が信じられない。博光は気持ちを落ち着かせるように深呼吸を繰り返すが、思いと裏腹に下半身の反乱はおさまる気配がない。

ぷっくりと傘を開いた亀頭の割れ目から、半透明のカテーテルがにょっきりと生えているみたいだ。

琴音は雁首《かりくび》の周囲を円を描くように拭いた。手袋越しでも指先の温もりが伝わってくる。それに反応するみたいに、鈴口から透明な先走りの液体がじわりと溢れ出してた。

「もう、そろそろ終わりますからね。大丈夫ですよ、リラックス、リラックス」

カテーテルを挿入されているというのに、ぬるついた液体が尿道を駆けあがってくる。鈴口の辺りは卑猥《ひわい》な粘液まみれになっていた。

羞恥心《しゅうちしん》を覚えれば覚えるほど、ペニスはますます硬さを増し、得意げに反《そ》り返《かえ》る。

恥ずかしさのあまり、琴音と目を合わせることができない。横目でちらりと盗み見ると、彼女は特別室の患者を任されるベテラン看護師らしい余裕を漂わせていた。

穏やかそうに見える横顔。その口元はかすかに笑みをたたえているように思える。

「はい、カテーテルを挿入している周囲も綺麗になりましたよ。ここは特に清潔にしておかないといけませんからね」

琴音は手にしていた蒸しタオルで、カウパー氏腺液をさり気なく拭ってくれた。最後に肛門の周囲を綺麗に拭いて、清拭は終了した。入院着や下着を替えてもらっても、勃起が収まる気配はいっこうになかった。

考えてみれば、意識を失っている間に尿道カテーテルを挿入され、入院着に着替えさせられているということは、すでに全身をくまなく見られているのだろう。

そう思うと、恥ずかしさも多少は薄れる気がした。

「はい、これで綺麗になりましたからね。なにか気になることなどがあれば、すぐに駆けつけますからナースコールを押してくださいね」

看護師らしい清潔感と優しさを感じさせる笑顔を見せると、琴音は後輩の看護師とともに病室から出ていった。

心残りって……まさか琴音のことじゃないよな。確かに好きだったけれど、キスひとつできないまま終わったんだもんな……。

博光はベッドに横たわったまま、ベッドサイドの引き出しに入れた五つの玉が入った袋のことを思い返した。

内臓系の疾患は食事制限などがあるが、博光の場合はそういう制限は一切なかった。

むしろ、病院食とは思えないほど豪勢な夕食が提供された。デザートまでついている。これも特別室に入院させたアドリアナの意向かも知れないと感じた。

それでも暇なことは否《いな》めない。色々な企業から博光を名指しで発注が入ったということで、仕事のノルマの心配がないということだけが唯一の救いみたいなものだ。大口の発注が入ったこともあってか、上司からは、外回りの営業仕事に支障が出なくなるまでは、有給扱いにしてもいいとまで言われていた。普通であれば考えられないような好待遇だ。

午後九時を過ぎると、病院内は強制的に消灯になる。一般病室ではイヤホンを着けていてもテレビを見ることさえできないが、特別室ということもあってそこまでうるさくはないのが救いだった。

消灯時間を過ぎてもメールをしたり電話をかけることはできるが、その相手が思いつかなかった。

普段ならば、意識が戻ったところで和佳奈に連絡を入れたに違いない。しかし、直前に些細《ささい》なことで喧嘩になり、彼女の家をいっぽう的に飛び出してしまった。

それを考えると、怪我をして入院しているから見舞いに来てほしいと連絡をすることは躊躇《ためら》われた。

和佳奈のやつ、いま頃どうしているんだろう……。

いつもならば日に何通も届くメールが、あの日以来一通も届いていない。それだけ怒っているということかも知れない。

博光は振動音すら立てる気配のないスマホを眺めながら、長いため息をついた。自宅のシングルサイズのベッドとは雲泥の差がある、広すぎるベッドも落ち着かない。

とはいえ、点滴の中に入っている痛み止めが効いているらしい。午後十一時を回る頃には、知らず知らずのうちに眠りに落ちていた。

人間というのは、心身が疲れきっているときなどに淫《みだ》らな夢を見ることがある。淫夢というのはその字の如く、淫猥極まりない妄想に基づくものだ。

それはリアルな体験よりも、ときとして身体が蕩《とろ》けてしまうのではないかと思うほどの魅惑的な快楽をもたらすことがある。

夢の中で、博光は無数の指先に体躯をまさぐられていた。男の骨ばった指先とはまるで質感が違う白く細い指先が、自身では性感帯として意識していない乳首などを執《しつ》拗《よう》に責め立ててくる。

夢だとは思っていても、ついつい卑猥な呻き声が洩れそうになってしまう。二十代後半の体躯は、毎日のようにオナニーをしても精液が尽きることはない。

意識がはっきりと覚醒していなくても、尿道カテーテルを挿入されているペニスがにょっきりと鎌首《かまくび》をもたげているのがわかる。

ああっ、気持ちいい……。

まるでうら若い乙女のような、甘ったるい声が洩れそうになってしまう。博光はベッドの中で身体をよじった。

ふうーっ……。

耳元に熱い息遣いが吹きかかるのを感じた。かすかに悩ましさを含《ふく》んだ息遣いは、夢だと思っていても生々しすぎる。

えっ、これって……。

博光はくすぐったさをこらえるように、頭をわずかに左右に揺さぶった。

「んふふっ……。よっぽど深く寝入ってるのね」

聞こえるか聞こえないかのかすかな囁き。それは聞き覚えがある声だった。痛み止めが効いているのか、意識がはっきりとしない。これは現実なのか、夢なのか。

博光は喉の奥に詰まったような声を洩らした。深い眠りの底から這いあがろうと身体を揺さぶるが、意識が朦朧《もうろう》として夢か現《うつつ》か判断がつかない。

例えるならば、なかなか解《と》けない金縛りにかかっているような状態だ。それでも身体にまとわりつく淫夢の快感を振り払うように、喉を絞って唸り声をあげた。

少しずつ少しずつ、意識と身体の感覚が覚醒してくる。博光は眉頭に皺を刻みながら、まぶたをゆっくりと開けた。

間接照明で照らされた病室内はかなり薄暗く、目が慣れるまで周囲のようすが理解できない。虚ろな意識の中でもわかったのは、ここが自宅ではないということだけだった。

「やっと目が覚めた？」

声のトーンを落として囁きかけながら、誰かが博光の前髪を指先で梳《す》くようにそっとかきあげる。

「えっ……」

動揺のあまり、まともに声を出すことができない。博光は目を凝らして、髪の毛をかきあげる指先の持ち主の顔を見つめた。

ようやく周囲の明るさに目が慣れはじめる。

「えっ、ああっ……こっ、琴音ちゃん？」

「やっと、わかってくれたの。嬉しいわ」

琴音は切れ長の瞳を細めると、形のいい唇の両端をわずかにあげて笑ってみせた。

彼女は昼間と同じナース服姿だ。

しかし、清楚に見えたはずのナース服が、薄闇《うすやみ》の中ではどことなくいかがわしい雰囲気を醸《かも》し出している。

「まさか、こんな場所で会えるなんて思わなかったわ。わたしは入院病棟専門だから、入院中の患者さん以外とは顔を合わせることなんて滅多にないから」

「そっ、そうだったんだ。でも、どうしてこんな時間に……」

「こんな時間でなければ、人目につくでしょう」

「ひっ、人目って？」

言いかけた言葉を遮るように、琴音は博光の唇に人差し指の先をそっと押し当てた。

ベッドサイドに設置されたパネルを操作し、室内の明るさを調整する。とはいえ、夜間なので昼間のように煌々《こうこう》とした明るさではなく、相手の顔が認識できる常夜灯程度の明るさだ。

「ヒロくんがイケないのよ。だって昼間、あんなふうに硬くなったオチ×チンを見せるんだもの」

「いや、それはわざとじゃなくて……」

「わざとじゃなかったとしても、ぎっちぎちに硬くなったオチ×チンを触っていたら、わたしだってヘンな気持ちになっちゃうじゃない」

「だっ、だからあれはわざとじゃなくて。勝手におっきくなっちゃったっていうか」

博光はしどろもどろで答えた。琴音が下腹部を蒸しタオルで清拭しているときに勃起してしまったのは事実だが、正直なところ自分でもどうしてあんな状態になってしまったのかわからないのだ。

「なんだか、そういうところは変わっていないのね。初心《うぶ》っていうのか、少しズレてるっていうのか」

琴音はくすりと笑ってみせた。高校生時代に、同級生たちの間でもお姉さんっぽく振る舞っていた頃の表情と重なる。

「なっ、なんかさ……」

「なあに？」

「ナース服を着ていると、本当に白衣の天使って感じだね。でも、ぼく的には少しエロい感じもするけど」

「あら、それって褒めてるつもり。ヒロくんは白衣の天使よりも、エッチな看護師さんの方が好みなのかしら？」

「あっ、いやっ、たいていの男は制服とかに弱いんじゃないかな。人によって、職業や制服の好みの差はあるんだろうけどさ」

「へぇ、そういうものなんだ。じゃあ、ヒロくんはどんな制服が好きなのかしら？」

意味ありげな視線を投げかけると、琴音は二十代後半の女体が描くラインを強調するように胸元を突き出して見せつけた。

高校生の頃はブレザースタイルの制服だったが、周囲の女の子と比べてもバストのふくらみは群を抜いていて、男子生徒たちの憧《あこが》れの的だった。博光も例外ではなく、魅惑的な稜線を描く乳房を眩《まぶ》しく見つめたひとりだった。

ナース服は襟元《えりもと》に花を模した可愛らしいボタンがひとつあり、その下はウエストの下までファスナーで留まるデザインになっていた。

その上には紺色のカーディガンを羽織っている。後頭部ですっきりとまとめた髪形とも相まって、ベテラン看護師っぽい雰囲気が漂っていた。

十代から男心を刺激していた乳房は、さらにひと回り以上成長しているように思える。肢体にフィットするようなデザインではないのに、ナース服の胸元の生地をこれ見よがしに押しあげていた。

「いやっ、やっぱりナース服っていうのはセクシーだと思うよ」

思わず声がうわずってしまいそうになる。博光は小さく咳ばらいをした。

「セクシーだなんて言われると嬉しくなっちゃうわ。昔はキスもしてくれなかったくせに」

「あのときは、なんていうか……。強引にはできないしさ。周りの目もあったじゃないか」

「よく言うわ。周りもカップルだらけだったのに」

琴音はわずかに唇を尖らせると、ヘソを曲げたように視線を逸《そ》らした。なにげない仕草ひとつを見ても高校生時代とは色っぽさが違う。

勇気が足りなかった昔の自分を責められているというのに、あの頃とは違う大人の女を感じさせる物言いを耳にすると入院着に包まれた身体の奥が熱を帯びるみたいだ。

淫らな夢を見てしこり勃ったペニスは、ナース服をまとった琴音の姿にさらに硬さを増していくみたいだ。下半身の反応につられるように、鼻先から荒い息が洩れてしまう。

「もしかして、ヒロくんったら昼間みたいにまた大きくしちゃってるんじゃないの？」

無駄に広いベッドの上で喉元を小さく上下させる博光のようすに、琴音が鋭い指摘《してき》を投げかける。

「あっ、いやっ、それは……」

博光は曖昧《あいまい》な言葉を洩らした。普通の状態とは違い、尿道カテーテルを挿管されているので身体を動かせる範囲も限られている。

「身体に聞いた方が早いんじゃないかしら？」

言うなり、琴音は薄手の布団をばさっとまくりあげた。

「さて、身体に聞いてみましょうか」

琴音は声を弾《はず》ませながら、博光が身に着けている入院着に手をかけた。切れ長の瞳が妖しい光を宿している。

なんだか意地悪をされているみたいだ。普通ではありえないような状況が、さらに博光の身体を昂《たか》ぶらせていた。

入院着の前合わせをはだけさせなくても、明らかに下腹部が膨張《ぼうちょう》しているのがわかる。

「なんだかんだ言っても、ヒロくんってエッチなのね。カテーテルをオチ×チンに突っ込まれているのに勃起しちゃうだなんて」

好奇心に衝《つ》き動かされるように、琴音は入院着を結び留めている紐をしゅるりとほどいた。

「ほらね、やっぱりだわ。かちんかちんに硬くなっているじゃない。これを勃起って言わなかったら、どういう状態を勃起って言うのかしら？」

琴音はわざと勃起という単語を繰り返した。職業柄、その手の用語には免疫ができているのかも知れない。しかし、博光はそうではない。

込みあげてくる恥ずかしさに、目元が引き攣《つ》ってしまう。それにもかかわらず、鈴口にカテーテルを挿入されたペニスはナース服姿の同級生の唇から飛び出した卑猥な言葉に過剰なほどの反応を見せた。

海綿体の隅々《すみずみ》にまで血液が行き渡ったペニスは、いまにも下腹にくっつきそうな角度で反り返っている。

「ヒロくんったら、本当にいやらしいんだから」

琴音の口調は、まるで小さい子を相手にしている保育士みたいだ。二十代後半の男としては屈辱《くつじょく》的《てき》とも思えるのに、淫らな予感に怒る気になるどころか、そうだと頷《うなず》くみたいに肉茎がヒクついてしまう。

「あーん、硬くなっているオチ×チンを見ていると、わたしも感じちゃう」

琴音は巨乳を突き出しながら肢体をくねらせた。艶めいた声や所作に、破廉恥《はれんち》すぎる期待感は高まるいっぽうだ。

早く触ってくれとせがむように、博光は剝き出しになったペニスを揺さぶってみせた。

したたかに背中や腰を打っているので、痛み止めが効いていても身体を動かせば痛みが走る。でも、目の前にぶらさげられた魅力的な誘惑の前では、そんなことは些細なことに思えてしまう。

「男の人って意外とおっぱいも感じるのよ、知ってた？」

訳知り顔で囁くと、琴音はほっそりとした指先を博光の胸元へと伸ばした。男同士の猥談で胸元や乳首が感じるという話は聞いたことはあったが、博光自身はそれを実感したことはない。オナニーやセックスをするときに、自らの指先で乳首などをいじったりしたことはなかったし、相手に対して愛撫を求めたこともなかった。

そういう意味では、ごくごくストレートすぎる快感しか知らなかったのかも知れない。

琴音の指先は職業柄もあってか、やや短めに爪を切り揃えていた。彼女はもったいをつけるように人差し指の指先をちろりと舐めると、博光の胸元をゆっくりとなぞりあげた。

いきなり乳輪や乳首に触れたりはしない。乳輪の周囲を振れるか触れないかの軽妙なタッチで撫で回す。まるで胸元に無数の大小の円を描くような繊細な愛撫だ。指先を舐めたときの唾液によって、その動きは実になめらかに思える。

「あっ、ああっ……」

不覚にも女の子のような悩ましい吐息がこぼれてしまう。琴音は博光が見せる反応が楽しくて仕方がないという感じだ。

胸元に描く円が少しずつ小さくなり、乳輪ぎりぎりの辺りを責め立ててくる。普段は意識したことがないというのに、女とは違う控えめな乳輪や乳首の辺りの感覚が研ぎ澄まされ、次第にきゅっと硬くなっていくのを感じた。

「ほらね、男の人だっておっぱいは感じるんだから」

勝ち誇ったように囁くと、琴音は直径五ミリにも満たない男の小さな乳首を指先で軽やかに二度、三度とクリックした。

思わず背筋がのけ反り、ひっという短い喘ぎ声が洩れてしまう。

「ねっ、男の人だって感じるのよ。むしろ、小さい乳首に感度が詰まってるって感じで、女性よりも感度はいいかも知れないわね。ただ、男たるもの女に乳首を弄《いじ》られて感じたりしてなるものか、って思い込んでいるタイプもいるみたいだけど」

琴音は楽しそうに声をあげて笑うと、前のめりになってきゅっと尖り立った乳首に舌先をねっとりと絡みつかせてきた。

　舌先を押しつけるようにしてじっくりと舐め回したかと思うと、今度は乳輪ごとずずずっと音を立てて吸いしゃぶる。その舌使いは絶妙で、知らず知らずのうちに胸元が上下してしまう。

　それだけではなかった。口唇愛撫をしている右の乳首だけではなく、左の乳首は親指と人差し指の腹を使い丹念にこねくり回す。

　いままで性感帯だと意識したことなどなかったというのに、いまは舌先や指先がわずかに動くだけで、軽く食いしばった口元から淫猥な呻き声が洩れてしまうのを止められない。

　胸元を愛撫されるだけでこれほどに気持ちがいいのだ。痛いくらいの角度でふんぞり返る肉柱を指先で弄《いじ》くり回されたり、舌先で舐め回されたら下半身がずるりと溶け落ちてしまうような快感が湧きあがってくるに違いない。

「ああっ、あんまり焦《じ》らさないでくれよ」

　そう言うのがやっとだった。博光はカテーテルが挿管されたペニスを切なげに揺さぶってみせる。

　カテーテルを咥え込んだ鈴口の周囲は、尿道の中から溢れ出したカウパー氏腺液にまみれ、淫らな輝きを放っていた。

「本当にヒロくんってエッチなんだから。オチ×チンにはカテーテルが挿《い》れられてるのよ」

「でも、だからって……」

博光は情けない声を洩らした。こんなにも感じているのに、射精することができないのは拷問みたいなものだ。

「もう、困ったわね。まあ、いいわ。どうせ明日にはカテーテルを抜く予定になっているのよ。だから、一晩くらい早くても問題はないわね。おまけにここはお手洗いどころか、豪華なバスタブまで完備された特別室なんだもの」

琴音は駄々をこねる幼い子をあやすみたいな口調で言った。

「じゃあ、まずはお手洗いでカテーテルを抜きましょうか。捻挫をしているとはいっても、少しくらいなら歩けるでしょう？」

その言葉に、博光は心臓が打ち鳴らす鼓動を感じるほどの興奮を覚えた。確かに打撲と捻挫をしているので、身体を動かせば痛みを感じる。

しかし、劣情という強力な麻酔によって痛みは薄らいでいた。

「じゃあ、まずはお手洗いに行きましょう」

琴音は慣れたようすで、ベッドの下に設置してあった尿が溜まっていたバッグを手にすると、博光に立ちあがるように促した。

捻挫をしているので、足元を確認するように慎重に室内を進んでいく。さすがは特別室というだけあって、室内の手洗いは車椅子でも利用できるようなバリアフリータイプの広々としたものだ。

「じゃあ、カテーテルを抜きますよ。はいっ、リラックスして。力を抜いて」

言われるままに博光は下腹部から力を抜いた。カテーテルを飲み込んだペニスは勃起したままだ。

じゅるっ、ずるりっ……。

ペニスの中に挿入されていたカテーテルがゆっくりと引き抜かれる。気持ちがいいのか、痛いのかよくわからない。思わず、洩《も》れてしまいそうになるくぐもった声を博光は押し殺した。

「はいっ、カテーテルは抜けたわよ。せっかく特別室に入院できたんだから、豪華なバスルームも使った方がいいわよね。どうせ着替えるんだから、全部脱いでね。それとも脱がせてあげましょうか」

そう言うと、琴音は羽織っていたカーディガンから両腕を引き抜くと、ピンク色のナース服のファスナーを引きおろして脱ぎ、本革張りのソファの上にかけた。

ナース服の下に着けていたのは、大きな乳房をしっかりと支えることができるフルカップに近いイメージの純白のブラジャーとお揃いのショーツだった。ブラジャーとショーツは刺繍《ししゅう》やレースがたっぷりとあしらわれたゴージャスな雰囲気が漂うものだ。

下半身をすっぽりと包み込む、やや透け感がある白いストッキングがナース服を脱いでも、制服の名残《なご》りを感じさせる。

白いランジェリーというのは一見清楚に見えるが、実は一番男を挑発する色なのかも知れない。琴音はストッキングをおろすと、博光の入院着と下着も手際よく脱がせてくれた。

「じゃあ、バスルームに行きましょうか。せっかくだから洗ってあげるわね」

琴音の言葉に、ようやくカテーテルから解放された屹立《きつりつ》が嬉しそうに上下する。彼女は威きり勃ったペニスをしなやかなタッチで撫であげた。カテーテルという邪魔者がなくなった尿道からは、濃厚な粘液が噴きこぼれ裏筋まで滴《したた》り落ちている。

彼女の言葉どおり、バスルームは病室内にあるとは思えないほどの豪華さだった。広さは八畳ほどはあるだろうか。バスタブもふたりで入っても十分な大きさだ。

「本当はバスタブに浸《つ》かりたいところだろうけれど、打撲と捻挫は温めないほうがいいから、ごくごく温《ぬる》めのシャワーだけにしましょうね」

シャワーの温度を手のひらで確かめると、琴音は肩口からお湯を身体にかけてくれた。蒸しタオルで清拭はされているが、やはり湯を身体に浴びるのは心地いい。

「ヒロくんって怪我人なのに、オチ×チンだけは元気なのね」

「それは、あれだよ。琴美ちゃんの色っぽい下着姿を見ていたら、余計に硬くなっちゃって」

「下着姿だけでそんなに硬くなっちゃうんだったら、こんなふうにしたらどうなっちゃうのかしら？」

琴美は形のよい唇の端をあげて笑うと、わざと胸元で両手を交差させて谷間を強調してみせた。ナース服の上から妄想していたよりも、双乳は圧倒的なボリューム感を見せつける。

くっきりと盛りあがった谷間はまるで、胸元にもうひとつ尻の割れ目があるように錯覚してしまうくらいだ。

「清拭はしているけれど、ちゃんと洗った方が気持ちがいいわよね。はい、まずは座ってね」

琴美は背もたれのついた入浴用の椅子に博光を座らせると、手のひらにシャンプーを載せて丁寧に洗ってくれた。博光だけが椅子に腰をおろした状態なので、乳房のふくらみがもろに視界に飛び込んでくる。

ゆさゆさと揺れる爆乳を拝んでいるだけで、危うく暴発しそうなくらいだ。博光はシャンプーが目に入らないようにしているふうを装《よそお》いながら、巨乳が売りのセクシー女優よりも量感に満ち溢れた柔乳を盗み見た。

「身体は立ってもらわないと洗いづらいかしら」

言われるままに博光が椅子から立ちあがると、琴音はボディソープを手のひらで泡立てて身体を撫でるように洗いはじめた。

博光だけが全裸で、琴音は下着姿というのが奇妙な興奮を呼び起こしている。ようやくカテーテルから解き放たれたというのに、屹立は角度を保ったまま潤みの強い牡汁を溢れさせ続ける。その量の夥《おびただ》しさは博光自身が驚いてしまうほどだ。

ボディソープのなめらかな泡によって、博光の体躯の上をほっそりとした指先がしなやかに這い回る。指先や舌先で敏感になっている胸元を指先でつんつんと悪戯《いたずら》するように刺激されると、声を洩らさずにはいられない。

「ヒロくんったら、我慢しなくっていいのに。気持ちがよかったら声を出したっていいのよ」

わかっているのよと言いたげに、琴美が畳みかけてくる。乳首が敏感になったせいなのか、背筋や首筋に触れられても全身がびくんびくんと小刻みに反応してしまう。

「一番敏感なのはここだよね」

琴美はバスルームの床の上に膝をつくと、両足の付け根の辺りから隆々と宙を仰《あお》ぐ肉柱に両の指先を伸ばした。ソープの泡を塗りまぶすように、ゆっくりと上下にさすりあげる。

「ああっ……」

博光はうわずった声を洩らした。声だけではなく、肉柱の先端から熱い樹液が迸《ほとばし》りそうになるのを懸命に抑える。

琴美の指の動きは止まらない。骨でも入っているかのようにきちきちに硬くなっているペニスだけではなく、その付け根にぶらさがっている淫嚢にも指先をやんわりと食い込ませるように刺激する。

うねうねと波打つ肉膜の中に隠れているふたつの睾丸をこすり合わせるように刺激されると、ペニスをさすりあげられるのとは趣きが異なる悦《よろこ》びがせりあがってくる。

「ヤバいって、そんなふうにされたら……」

「されたら？」

身悶える博光に琴美が満面の笑みで切り返す。

「だったら、こういうのはどうかしら？」

上目遣いで博光の顔色を伺うと、琴美はうねうねと収縮する玉袋の裏側に指先を伸ばした。いわゆる蟻《あり》の門渡《とわた》りと呼ばれる辺りから、肛門括約筋《こうもんかつやくきん》の周囲をさわさわと撫で回す。

恥ずかしいのか、嫌なのかわからない。だが、彼女の指の動きに連動するように、ペニスがひゅくひゅくと上下に弾む。

「ひあっ、マッ、マジでヤバいって……」

たまらず博光は腰を引いて逃れようとした。

「もうっ、我慢ができないの？」

琴美は目元を緩めると、博光の全身を覆っているボディソープの真っ白い泡をお湯で流した。

「泡が綺麗に流れても、ココだけはぬるぬるのままなのね」

物欲しげな表情を浮かべながら、琴美は威きり勃ちっぱなしのペニスにしゃぶりついてきた。指先とは違い、舌先が吸いつくような感触で絡みついてくる。

「ダッ、ダメだって。気持ちがよすぎて我慢できなくなるっ」

博光はぎゅっとまぶたを閉じて、押し寄せてくる甘美感を押しとどめようとした。気を抜いたら、その瞬間に琴美の口の中に青臭い樹液を撒き散らしてしまいそうだ。

「あーんっ、勝手にイッたりしたら絶対に許さないんだからぁ」

ヘソを曲げたように呟くと、琴美は舌先の動きを止めると肉棒を解放した。快感を貪《むさぼ》っていた博光は急にお預けを喰らったような心持ちになる。

「ねえ、わたしも楽しませてくれるんでしょう？」

琴美が甘えた声を出す。白いブラジャーに包まれた胸元は、性的な昂ぶりによってほんのりと上気していた。

本当ならば彼女の手首を取って立ちあがらせ、背骨が軋《きし》む音が聞こえるほどきつく抱きしめたい。しかし、打撲と捻挫で入院している博光にはそれは無理難題というものだ。

琴美も看護師だけに、博光の容態は理解している。琴美は博光を挑発するように肢体をくねらせながら背中に手を回し、ブラジャーを外して重たげに揺れる爆乳を見せつけた。

ショーツも脱ぎ捨てると、背中を向け首元から下にシャワーの湯を浴びる。左手の動きから察するに、デリケートな部分を指先で洗っているようだ。

恥じらいと女らしい気遣いを感じさせる所作に、思わず喉仏が大きく上下する。ぷりんと張り出したヒップが水しぶきを弾《はじ》き、無数の水滴が流れ落ちていくさまを見ていると、背後から割れ目に顔を埋めたいような衝動に駆られた。

「じゃあ、あがりましょうか？」

琴美はバスタオルを博光の頭部に被《かぶ》せると、上から下へと身体の水気を拭ってくれた。さらに博光の身体を支えながら、ゆっくりとベッドに移動して並んで腰をおろす。

「ねえ、キスして……」

琴美がゆっくりとまぶたを伏せる。遊園地のデートでキスをするチャンスを逃してからは琴美とふたりっきりになることもなく、そのまま卒業式を迎えてしまったのは博光にとって高校生活で最大の心残りだった。

キスと愛撫の順番が違う気はするが、そんなことは少しも気にはならなかった。

ちゅっ、ちゅぷっ、ちゅるるっ、ぢゅるっ……。

半開きにした唇を斜《はす》に構えるようにして、二十代後半の大人の男女に相応《ふさわ》しい濃密な口づけを交わす。

湿っぽい音を立てながら舌先を絡め合うと、琴美が生まれたままの肢体を密着させてくる。

柔らかい女体の感触と、後頭部で結いあげた髪の毛から漂うかすかな女性らしい香り。素肌をすり寄せなければわからないような控えめな匂いを、博光は胸の底深くまで吸い込んだ。

男の胸元に執着するような愛撫を考えれば、琴美自身も乳房が感じるに決まっている。男としても手のひらには収まりきるはずもない乳房に、指先を食い込ませずにはいられなかった。

優にFカップ、あるいはGカップはあるかも知れない。博光は上空から獲物を狙う鷲のように指先を大きく広げながら、巨大な熟《う》れ乳《ちち》を指先で掴んだ。

男としては決して手が小ぶりな方ではないが、量感に満ちた柔らかな肉が指先からこぼれ落ちる。

「ああん、ヘンになっちゃうっ」

琴美は整った美貌を歪めながら、悩乱の喘ぎを洩らした。ベッドに仰向けに倒れ込み、肉感的な下半身をくねらせる。シャワーの湯を浴びたばかりだというのに、牡を挑発するような甘酸っぱい芳香が漂ってくる。

鼻先を鳴らさずにはいられない香りの出処をたどるように、博光は左手で乳房をまさぐりながら、右手でなめらかな丘陵を描く下腹部をやんわりと撫で回した。

圧巻の迫力を見せつける豊乳の持ち主に相応しく、太腿の付け根の真上に位置する繁みも密度が濃い。

逆三角形に整えられた草むらをかきわけて指先で探ると、その奥はシャワーの湯とは明らかに違う水分を孕んでいた。

にゅぷっ、にゅるんっ……。

うるうるとした牝蜜の上で、指先がうわすべりする。琴美の秘唇に触れるのははじめてだというのに、ぷっくりと充血している部分がなんなのかわかる。

博光はドアをノックするように、二枚の花びらの頂きで自己主張している真ん丸い真珠玉を、指先でつんつんとクリックした。

「あーんっ、だめっ、クリちゃん、弱いのぉ……」

ついさっきまで、お姉さんっぽい口調で博光の体躯を弄《もてあそ》んでいたとは思えない艶めかしい声が洩れる。だめと口にしながらも卑猥なおねだりをするみたいに、むっちりとした下半身を右へ左へと振り動かす。

昂ぶっているのは博光も同じだ。しかし最初に仕掛けてきたのは琴美なので、彼女の方が興奮しているのは間違いない。

「感じているんだろう。だったら、舐めてあげるよ。だから、ぼくのもしゃぶってくれないかな」

博光は駆け引きめいた言葉を口にした。尿道カテーテルは既に抜かれているが、打撲や捻挫が急に治るはずもない。

特に背中や腰を打っているので、愛撫をするのもされるのも体勢が極端に限られる。

「まだ痛いんでしょう。だったら、横向きが一番楽なんじゃないかしら？」

琴美の言葉には説得力が感じられた。カテーテルを抜き取られたとはいえ、博光はまだ普段どおりに動けるほどには回復していない。

点滴の中に入っていた痛み止めの効果と、性的な昂ぶりから脳内で作りだされる神経伝達物質によって一時的に痛みが和《やわ》らいでいるだけだろう。

動けない博光をフォローするように、琴美がベッドの上で身体の向きを変える。普通ならば男女のどちらかが上になる体勢が多いシックスナインだが、あえて琴美はどちらも上にならない横向きのシックスナインの体勢になった。

ベッドを上から俯瞰《ふかん》で眺めることができれば、まさに69のように見えるだろう。勃起したまま少しも萎《な》える気配がないペニスに、琴美が遮二無二《しゃにむに》喰らいついてくる。

バスルームでの少し焦らすような舐め方とは違う、牡の精魂をすべて搾《しぼ》り取ろうとするみたいな情熱的なフェラチオだ。

博光も負けてはいられない。舌先での愛撫に全神経を集中しなければ、尾てい骨の辺りから這いあがってくる快感に負けて、あっという間に暴発してしまいそうだ。

じゅるるっ、ぢゅぷっ、ちゅるるっ……。

常夜灯が灯《とも》る病室内に、互いの秘部を舐めしゃぶる淫猥極まりない音が響き渡る。

博光は舌先を伸ばしたまま、ゆっくりと頭部を左右に揺さぶった。

ときおり、わざと派手な音を立てるようにして、鬱血した淫蕾をすすりあげることも忘れない。厚みを増した花びらの奥から溢れ出してくる、淫水の濃度もどんどん濃くなっていく。

夥《おびただ》しい量が溢れ出す泉の位置を探るように、博光は花びらのあわいにゆっくりと右手の人差し指を挿し入れた。膣壁をずりずりと押しあげるようにかき回すと、琴美の声が切羽詰まったものに変わっていく。

「ああんっ、だめっ、お指で悪戯されながら舐められたら……あんっ、いいっ、イッちゃう……お指と舌だけでイッちゃうっ……」

切ない喘ぎをあげながらも、琴美はペニスにまとわりつく舌先の動きを止めようとはしなかった。

「はあっ、だめっ……。イクならヒロくんのオチ×チンでイキたい。ねえ、欲しいの。

かちかちのオチ×チンで滅茶苦茶にされたいの。ああんっ、もう我慢できないっ」

琴美は太腿の辺りまで甘蜜が滴り落ちる下半身を揺さぶって、淫らなおねだりをした。大きく割り広げた肉質の柔らかい内腿が、いまにも全身を覆い尽くすような絶頂を堪えるようにぷるぷると震えている。

エクスタシーを迎えるなら、指先や舌でなく牡のシンボルで貫《つらぬ》かれたいという女心がいじらしい。

琴美はベッドについた両肘と両膝でよろけるようにしながら、博光と真正面から向かい合う体勢になった。

「ねえ、お願いっ。もう一度キスして……」

うっとりとした表情で訴える琴美の口元に唇を重ね、じゅるりと舌先を潜り込ませる。同時に彼女の腰の辺りを抱き寄せると、すっかり潤いきっている花びらのあわい目がけて、ゆっくりと怒張を押しあてた。

「ああっ、いいっ、はっ、入ってくる。硬いのが……おっきいのが入ってくるぅっ」

ぴっちりと重ねた琴美の唇から洩れる吐息が甘さを増す。彼女は自ら舌先を大きく伸ばして巻きつけると、息が苦しくなるくらいに激しく唾液をすすりあげる。

「うあっ、締めつけてくるっ」

琴美の蜜壺が愛液まみれの膣壁をわななわなと波打たせながら、ペニスに絡みついてきた。彼女が短い喘ぎ声をあげるたびに、膣内がきゅっ、きゅんと屹立を締めつけてくる。

横向きで抱き合った格好なので、正常位や後背位のように荒々しく腰を前後に振り動かすことはできない。もどかしさをぶつけ合うみたいに、ふたりは不規則な形の円を描くように下腹部をゆっくりと押しつける。

「ああんっ、いいっ、激しいのもいいけれど、なんだかこれって、いかにも大人のエッチって感じがたまらないわぁ」

琴美は喉元を反らして惑乱の声を洩らした。まぶたをぎゅっと閉じて、身体の奥底から湧きあがってくる深い悦びを嚙《か》みしめているような表情が色っぽい。

「敏感になっている部分をゆっくりとかき回されると、すっごく気持ちいいの。頭の中がヘンになっちゃいそうっ」

琴美が乳房が弾むような不規則な呼吸を洩らすたびに、女壺の中が妖しく収縮する。まるで女のぬかるみ全体を使って、ペニスをしごきあげているみたいだ。

「もっともっとヘンになっちゃいたいっ、ねっ、いいでしょう？」

陶然《とうぜん》とした声で囁くと、琴美はすらりとした指先で博光の乳首をくりくりと弄くり回した。まるで快感を掘り起こしているみたいな指使い。

「あんっ、おっぱいを弄ったら、ヒロくんのオチ×チンがオマ×コの中でびゅくんってするのっ。はあっ、感じすぎておかしくなりそうっ……」

「琴美って本当にいやらしいんだな。オマ×コがオチ×チンに絡みついてくるよ。このままだと、ぼくも我慢ができなくなりそうだ」

「だめっ、まだ……イッたらだめっ。もっともっといっぱいして欲しいの。だって、昼間勃起したオチ×チンを見たときから、ずっと頭の中がエッチなことでいっぱいなんだもの」

そう簡単には許さないというように、琴美は肉感的な肢体をくねらせる。合体した状態で乳首を指先で悪戯されたら、男の博光だって尾てい骨の辺りにぴりぴりとパルスが走るのだ。

琴美だって乳房を愛撫されたいのだろう。思うに彼女は、自分がされたいことを博光にしているような気がした。琴美は爆乳を誇張するように、博光の胸板にぐいぐいと押しつけてくる。

「ねえ、ヒロくん、おっぱい好きでしょう。はあっ、いっぱい揉《も》んでもらいたいの。おっぱいを揉み揉みされながら、後ろから挿《い》れて欲しいの」

破廉恥すぎるリクエストを口にすると、琴美はベッドの上でゆっくりと身体の向きを変えた。今度は博光に背中を向けた格好だ。

「あーんっ、早くぅっ……」

焦れた声をあげると、琴美は熟れたヒップを牡槍目がけて突き出した。

「琴美がそんなにエッチだなんて、想像もつかなかったよ」

博光はほっそりとした首元に唇を寄せると、ちろりと舐め回した。琴美が背筋をびくんと戦慄《わなな》かせる。

「いゃあん、意地悪なこと言わないでよ。お互いに、あの頃みたいになんにも知らない高校生じゃないのよ。女だってしたくてたまらなくなるときだってあるのよ」

一刻も早く突き入れて欲しいとねだるように、琴美が背筋をしならせながら振り返る。

その瞬間を待ち構えていたみたいに、博光は腰をゆっくりと前に押し出した。にゅるりという音を立てるように、ペニスが蜜肉の奥へと飲み込まれていく。まるで最初から欠けているパーツ同士をはめ込むみたいに、ぴったりとフィットする。

「はあっ、後ろからされるのって刺激的だわ。なんだかイケないことをしているみたいな気分になっちゃうっ」

「いまさらよく言うよ。救急車で担ぎ込まれた患者の病室に、夜這いをかける看護師なんて聞いたことがないよ」

「あーん、そんなこと言わないでよぉ。だって、ヒロくんがイケないのよ。勃起したオチ×チンを見せつけるんだもの」

「だったら、勃起している患者を見るたびに、ヤリたくてたまらなくなるってことじゃないか？」

「そんなわけないじゃない。だって、ヒロくんは特別なんだもの。あのデートのときにキスをしてくれていたら、いまだって続いていたかも知れないでしょう。そう思ったら……」

言い訳めいた言葉を口にしながら、琴美は怒張を突き立てられた双臀を揺さぶった。あの夜のことをいまだに後悔していたのは、博光だけではなかったようだ。

「ヒロくんったら、あのときは度胸がなかったくせに、いまになって意地悪なことを言うなんて……んあっ……」

未練がましいセリフを呟いた琴美の声が裏返る。博光が背後から両手を回して彼女の乳房を鷲摑みにしたからだ。男の手に余る、小玉スイカを思わせるような柔乳を指先でやや乱暴に揉みしだく。

「あっ、後ろから挿《い》れられてるのに、おっぱい揉まれちゃうなんて。感じちゃうっ、ああっ、もっと激しくして。痛いくらいにおっぱい揉んでいいのよ」

背後から乳房を荒々しく弄ばれながら、琴美ははしたない言葉を口走った。

「本当にスケベな看護師さんだな。だったら、こんなふうにされたらもっと感じるのかな」

わざと声のトーンを落として耳元に囁きかけると、博光はつきゅっとしこり立った乳首を指先でぎゅっと押し潰した。

「あっ、ああんっ、そんな、そんなの……」

琴美はくぐもった声を洩らした。しかし、その声はどことなく甘さを含んでいる。肉棒を咥え込んだヴァギナの締めつけが強くなる。

「エッチな看護師さんは、ご自慢の巨乳を乱暴に扱われると感じるんだ」

「はあっ、だって……。感じちゃうの、おっぱい、感じちゃうのぉ」

イヤイヤをするように琴美が肩口を左右に揺さぶる。結いあげた髪がわずかに乱れ、はらりと落ちた数本の後れ毛がなんとも艶っぽい。

「おっぱいが感じるなら、こんなふうにしたら、もっと感じてイッちゃうんじゃないのかな？」

言うなり、博光は指先で押し潰して、歪《いびつ》な形になった両の乳首をむぎゅっとひねりあげた。

「ああああっ、ひあっ、おっぱいが千切れちゃうっ、あっ、頭が……はあっ、なにもわからなくなっちゃうっ」

琴美は狂おしげな声をあげた。

「かっ、感じすぎて……はあっ、もっ、もうっ……」

彼女はパズルのピースのようにぴったり嵌《は》まった男女の結合部を確かめるみたいに、太腿の付け根に指先を伸ばした。

「入ってるぅっ、こんなにずっぽり入っちゃってるっ……。ああっ、こんなにべちょべちょになっちゃってるっ……」

ペニスを深々と突き入れられた蜜唇に触れた途端、琴美は驚嘆の声を迸らせた。あまりの濡れっぷりに、自身でも戸惑っているようだ。

「いいっ、感じちゃうっ、どこもかしこも敏感になっちゃってるっ。クリちゃんもこんなにおっきくなっちゃって……」

琴美の指先が、薄皮がずるりと剝けるほど大きくなった淫核に触れたときだった。

「はあっ、もっ、もうっ、いいっ、イッちゃう……イッちゃううぅーっ……！」

最高の瞬間を迎えた途端、琴美は背筋を大きくのけ反らせると、そのまま身体を硬直させた。身体は強張《こわば》って見えるのに、ペニスを咥え込んだ蜜壺の中が妖しい蠢きを見せる。

まるで奥へ奥へと取り込もうとしているみたいだ。その締めつけのきつさは、先ほどまでとは比べ物にならない。

「ああっ、きつすぎるっ。ぼくも、ぼくも射精《で》るっ、射精《で》るぅっ……！」

収縮を繰り返す女の深淵目がけて、亀頭の先端から熱い劣情の液体が噴きあがる。

どっ、どくっ、どくんっ、どびゅっ……。ペニスが上下に弾み、不規則なリズムを刻みながら樹液を発射する。

「あっ、熱いのが……射精《で》てる。いっぱい、射精《で》てるっ……」

琴美は体内に広がる樹液の熱さを甘受するように、全身をびゅくんと痙攣《けいれん》させた。

「はあっ、イッちゃった。ヒロくんもいっぱい射精《で》たね」

まだ身体の震えが収まりきらないのだろう。琴美はぐったりと脱力すると、博光の方にもたれかかり、首だけで振り返ってキスをせがんだ。

「遊園地のデートのリベンジみたいだね」

そう言うと、彼女は蕩けるような笑顔を見せた。

セックスの余韻に耽るように、眠りに落ちそうになる博光を着替えさせると、ナース服姿に戻った琴美はシーツも新しいものへと取り替えた。まるで証拠隠滅を図ろうとしているみたいだ。

「あのさ……」

「えっ、どうしたの？」

「また、会えるかな。実はあのデートのことがずっと頭の隅に引っかかっていたんだ。こんな形だけど再会できたのは、単なる偶然じゃない気がするんだ」

「そうね、わたしもあのデートのことは心の中でずっと気になっていたのよ」

琴美の返事が博光に勇気を与えた。

「携帯の番号は変わってないのかな？」

「えっ、まさかずっと番号を登録しておいたの」

博光の言葉に、琴美は驚いたようだ。

「いや、かけるつもりはなかったんだけど、なんだか消せなかったんだ」

「ホント、そういうところがヒロくんらしいわ。とりあえず、怪我人なんだからしっかりと寝てくださいね」

「その怪我人に夜這いをかけたのは誰だったかな」

「それはね、ふたりだけの秘密よ」

そう言うと、琴美は口元に人差し指を当てる仕草をした。

第二章　淫ら先輩の誘惑

最初に担当医から受けた説明の通り、博光は背中や腰の打撲、足首の捻挫などはひどかったが、幸いなことに骨折やひびなどの所見は見当たらなかった。

頭部も、念のためにCTなどの検査も行ったが異常は見つからなかった。

入院中は毎日のように、アドリアナがダニエラを伴《ともな》って見舞いにやってきた。そのたびに、入手が困難だと言われるような菓子などを持参してきた。

高齢者だと単なる転倒が元でも寝たきりになったりすることもあるらしいが、博光はまだまだ二十代後半ということもあって回復も早かった。なんとかひとりでも身動きが取れるようになったので、十日目には無事に退院することが決まった。

退院する前には、アドリアナの会社の顧問弁護士も訪ねてきて示談書を取り交わし、過分とも思えるほどの見舞金が振り込まれた。

その間に琴美とも顔を合わせる機会はあったが、こっそりと病室を訪ねてくることはなかった。ナース服姿の琴美の凛とした佇《たたず》まいと、ベッドの中での乱れようのギャップは博光の想像を超えていた。

周囲を憚《はばか》るような悩ましい声を思い返すだけで、下腹部が素直な反応を見せる。できればナース服姿の彼女ともう一度くらいは抱き合ってみたかった。

少々残念な気がしないでもないが、琴美のスマホの番号が変っていないことを確認することができたので、退院してからも連絡を取ることができる。あの夜のとろんとした表情を考えれば、いつでも誘うことができそうだ。

博光の脳裏に、アドリアナが口にした「五つの心残りがある」という言葉が蘇ってくる。確かにデートに誘うことには成功したというのに、もうひと息というところでキスするチャンスを逃したために、それっきり疎遠《そえん》になってしまった琴美の存在は気にかかっていた。

それがアドリアナの言う心残りや未練を指すのであれば、この病院で再会できたことは単なる偶然とは思えない。そうなると、引き出しの中にしまってある小さな五つの玉にも深い意味があるように感じられた。

博光は小さな布袋に入れられた五つの小さな玉を、手のひらに載せるとしげしげと眺め回した。琴美と再会することはできたが、それによってなにか変化が起きたようには見えない。

この玉が五つあるっていうことは、これからまだまだなにかがあるってことなのかも知れないな……。

そう思うと、なんとなく心がざわつく気がしてしまう。博光は素焼きのように見える小さな玉を布袋にしまうと、両の手のひらでぎゅっと包み込んだ。

無事に退院し週明けに出社すると、明らかに上司や同僚たちの博光に対する態度が変わっていた。

博光が在籍する営業部の壁には、社員ひとりひとりの営業成績が棒グラフで貼られている。これを見れば、社員の成績がひと目でわかるものだ。

いつもは同僚たちと横並び程度なのに、入院している間に博光のグラフだけが驚くほどの伸びを見せていた。

グラフの一番上の部分は、どう考えても到達することができないレベルに設定されている。それにもかかわらず、博光のところだけは最高部分まで到達した棒グラフの線が五本も並んでいた。

記入する欄が足りなくなり、切り張りして作り直しているのがわかる。

「いやあ、板垣くん、ものすごいじゃないか。入院している間、板垣くんを指名する新規のお客さまからの電話が鳴りっぱなしだったよ。電話だけではなくて、メールでのオーダーも入ってきているんだ。仕方がないから売り上げのグラフを作り直したくらいだよ。もしかしたら、よっぽど太いお客さままでも捉まえたのかな。是非とも、その方法を教えてもらいたいものだよ」

直属の上司である神宮寺《じんぐうじ》が、気味が悪いほどの笑顔で話しかけてくる。いつもはグラフを指さしながら、部下にパワハラと呼ばれかねないような檄《げき》を飛ばしてばかりいる男だ。

手のひらを反すような対応に、どんな返答をすれば戸惑ってしまう。

「いえ、そんなぼくはなにも……」

博光は表情を強張らせながら、言葉を濁《にご》した。

アドリアナやダニエラが裏で手を回していることは明らかだだが、クライアントが政財界に関係する人間ばかりだという彼女たちの存在を口にしてはいけないことだけは、うっすらと理解ができる。

「申し訳ありません。入院とはいえ、急に会社を休んでしまって……」

なんとかこの場を切り抜けなくてはいけない。博光はあえて売り上げのことには触れずに、会社を休んだことへの謝罪を口にした。

「いやあ、いいんだよ。今回は入院ということだし、特別に有給休暇の扱いにしておいたよ」

神宮寺はわざと他の社員にも聞こえるように声を張りあげた。同僚の視線が気にかかる。博光は身体を委縮させるばかりだ。

「それはそうとなんだが」

急に神宮寺が声のトーンを落とした。他の社員には聞かれたくない話なのか、部署の奥にある神宮寺の席の方へと移動する。博光もその後に続いた。

「今回の件では社長も実に喜んでくれてね。板垣くんを美味《おい》しい店に連れて行くように言われたんだ。退院したばかりでなんだが、今週の金曜日の夜は空いているかな？」

「金曜日ですか。いえ、特に予定はありませんが」

「それならばよかった。こじんまりとした店なんだが、なかなか評判のいい店があるんだ。予約が取りづらいと聞いているんだが、たまたま上手《うま》く予約が取れそうなんだよ」

他の社員に聞こえないようにと神宮寺が声を潜める。

「えっ、いいんですか」

「もちろんだよ。これは噂なんだが、かなり美人の若女将《わかおかみ》がいるらしいんだ」

美人女将という単語を強調すると、神宮寺は我が意を得たりと嬉しそうに笑った。


金曜日の夜、博光は上司から指定された店へと向かった。店の連絡先と地図はあらかじめメールで届いていた。連れだって会社を出ないのは、一応他の社員への配慮のようだ。

へえ、ここなんだ……。

スマホの画面に表示された店の前で博光は立ち止まった。ビルの一階にあるその店は、いかにも老舗《しにせ》という雰囲気が漂う店だった。

遠目ではわかりづらい控えめな看板と、夜に舞う桜吹雪が描かれた暖簾《のれん》には「さくら」という店名が記されていた。

すりガラスがはめ込まれた木製の横開きの扉からは、店内の様子を窺《うかが》うことはできない。普段は居酒屋や若者向けのバーくらいにしか行ったことがない博光には、かなり敷居が高く感じられる店構えだ。

もう一度、スマホの画面を確かめる。場所も店名も合っている。指定された時間よりも少し先に行くのが社会人としてのマナーなので、暖簾の前で深呼吸をして、がらりと扉を開けた。

「いらっしゃいませーっ」

扉が開いた気配に、近くにいた女性スタッフが近付いてくる。スタッフは帯のないタイプの二部式と呼ばれる、ピンク地に桜模様の着物姿だ。その上に丈《たけ》の短い前掛けをしている。

「すみません。神宮寺の名前で予約が入っていると思うのですが……」

「はい、二名さまでご予約のお客さまですね。それでは、こちらへどうぞ」

案内されるままに店内を進んでいく。カウンター席が十席ほどだろうか。その他に四人がけのテーブルが三卓ある。

見るからに凝《こ》った店内の造りと来店客の雰囲気から察するに、高級割烹と呼ばれるジャンルに属する店なのだろう。

案内されたのは一番奥のテーブルだった。神宮寺はまだ来ていない。とりあえず店内の造りを考えて、下座に腰をおろす。メールに記されていた待ち合わせ時間は午後七時だった。席に落ち着いたのは指定された時間の五分前だった。

店内の壁にかけられた時計は、わざと五分ほど進めているらしい。スマホの液晶画面が午後七時になろうかという頃、店の扉ががらりと開いた。

　現れたのは神宮寺だった。神宮寺も女性スタッフに案内されて席に着く。所在なさげに座っていた博光とは違い、四十代の神宮寺は慣れた感じで乾杯用のビールを頼んだ。

「金曜日の夜なのに、わざわざ時間を作ってもらって悪かったね。退院祝いも兼ねて、今日はたっぷりと堪能《たんのう》してくれよ」

　慣れない場所に落ち着かない博光の前に置かれた小ぶりのビアグラスに、神宮寺がビールを注《そそ》ぐ。本来は先に博光が注ぐべきなのだが、場の雰囲気に圧倒されてしまい、そこまで気が回らない。

「こういう場所は慣れてないだろう。まあ、今日は無礼講《ぶれいこう》で行こうじゃないか」

　神宮寺はすでに上機嫌のようだ。博光は恐縮しながら、白い泡が立った黄金色の液体を口元に運ぶ。予約の時点で料理はコースで頼んでいるらしく、食べるペースを見計らったように次の料理が運ばれてくる。

　この辺りのタイミングの絶妙さは、博光が普段利用しているような居酒屋とは格段の違いがある。言うまでもなく、季節感を感じさせる盛りつけが施《ほどこ》された料理も素晴らしい味わいだ。

普段は部下に叱咤激励をしている神宮寺も彼なりにプレッシャーがあるのだろう。アドリアナの力添えによって信じられないほどの数字を出した博光の成績に、かなりテンションがあがっているようでアルコールのピッチも早いようだ。

乾杯用のビールを開けると、神宮寺は各地方の銘酒に切り替えた。冷《ひや》の日本酒をくぴくぴと飲み進めていく。

かなりハイペースで日本酒を飲んでいた神宮寺は、料理の進み具合を見ながら手洗いに立った。

張りつめていた気持ちが緩む。いくら退院祝いだ、売り上げ貢献のお祝いだと言われても上司とふたりっきりで飲むのは気持ちが張りつめる。

そのときだった。

「もしかして、博光くん？」

背後から呼びかける声に、博光は慌てて振り返った。そこに立っていたのは、スタッフと同じように二部式の着物を着た女性だった。違うのは黒地に白に近いピンク色の桜の花びらが舞う図柄の着物だったことと、前掛けをしていないことだ。

ほんのりとマロンブラウンにカラーリングした髪の毛は、眉毛の辺りで切り揃えた前髪以外は後頭部でシニヨンにまとめている。

「ごめんなさいね。突然だからわからないわよね。以前にアルバイト先で一緒だった臼井美桜《うすいみお》よ。覚えているかしら？」

「えっ、美桜先輩。でも、どうして……」

「ここはわたしの実家というか、両親が経営していたお店なの。わたしはひとり娘だから、このお店を継がなくちゃっていう気持ちがあったから、学生時代から飲食店でアルバイトをしていたのよ」

「そうだったんですか」

「いまはわたしが女将を任されているの。両親は都会の暮らしは疲れたっていって、北関東の里山《さとやま》にある古民家をリニューアルして古民家民宿をしているのよ」

「じゃあ、美桜先輩がこのお店を経営しているんですか」

「一応、そういうことになるわね」

「へえ、すごいですね。ぼくなんて、こんなお店は初めてで、暖簾の前でビビりまくりましたよ」

「ふふっ、昔と変わってないのね。そういうところ」

美桜はくっきりとした目元を緩めて笑ってみせた。博光よりも二歳年上の美桜は、居酒屋でアルバイトをしていたときの先輩だ。

飲食店のアルバイトははじめてだった博光が、派手な音を立てて物を落としたり、注文を間違えたときなどにはフォローしてくれた。いわゆる教育係といえば、いいのだろうか。

それだけではなかった。大学二年生だった博光が、閉店後のバイト仲間との飲み会で酔い潰れてしまったときに介抱してくれたのも彼女だった。

バイト仲間が帰ってしまった後の二階の宴会場で、美桜は甲斐甲斐しくスポーツドリンクなどを飲ませてくれた。

たっぷりと水分を取ったこともあり、ひどい二日酔いになることもなかった。美桜にとって、飲食店のバイト未経験で二歳年下の博光は、仕事の覚えは悪いが可愛い後輩だったようだ。

「飲むのはいいけれど、自分のリミッターを覚えておかないとダメよ。女の子だったら、酔い潰れたら襲われちゃうわよ。もっとも、タチが悪い男《ヤツ》はお酒にこっそりと睡眠薬を盛ったりするから、特に気を付けないといけないんだけど」

二階の座敷でぐったりと仰向けに横たわる博光の耳元で、美桜が囁く。アルバイト仲間からだけではなく、店の常連客からも人気があるだけに色々と誘惑もあったのだろう。

「酔い潰れて危ないのは女の子だけじゃないのよ。男の子だって、色々とされちゃうことがあるかも知れないいんだから」

まだ酒が抜けきらない博光の唇に、美桜は年上の女の余裕を見せつけるようにキスをした。琴音との初デートでキスの機会を失った博光にとっては、生まれてはじめてのキスだった。

柔らかい唇が重なる感触。柔らかくて、それでいてしっとりとしている。ほのかに匂う香水を思わせるルージュの香りに、頭がくらくらするみたいだ。息をすることさえ忘れたように、博光は異性の唇の感触に意識を集中させた。

息苦しさを覚えた博光が乱れた吐息を洩らした瞬間、ぬるついた舌先が前歯を上下にこじ開けるように潜り込んでくる。

「はあっ、ああっ……こっ、こんな……」

思わず、女の子みたいな悩ましい声が洩れてしまう。これでは、男と女の立場が逆になったみたいだ。

「あーんっ、可愛いっ、もしかしてはじめて？」

美桜がうわずった声で尋ねる。うなじの辺りをそっと撫であげられるような響き。キスの仕方だけでも敵《かな》わないと思い知らされるみたいだ。博光は小さく頷いた。

「やぁだぁっ、はじめてなんて聞いたら興奮しちゃうじゃない。ねえ、博光くんの童貞をもらっちゃってもいい？」

「あっ、いやっ、でも……はっ、はじめてだから……」

唐突な問いかけに身体が強張り、うまく声が出なくなってしまう。

「いいのよ、わたしにぜんぶ任せて。ねっ、いいでしょう？」

興奮気味の声をあげると、美桜は再び唇を重ねてきた。さっきとは比べ物にならない熱のこもった口づけが、博光の血液を沸騰させるみたいだ。

あの日、居酒屋の二階にある畳敷きの宴会場で博光は本当の意味で男になった。

それ以来、アルバイト仲間たちに気づかれないように、こっそりとデートを重ねた。

年上だけあって、美桜はいつも博光を気遣ってくれた。

しかし、アルバイトのシフトなどを考えれば、デートをする日時は限られる。ましてや、美桜は大学四年生で卒業を控えた大事な時期だった。

デートを優先するのか、アルバイトを優先するのか。最初は些細なことがきっかけだった。

しかし、当時の博光にとっては、セックスの悦びを教えてくれた美桜と一緒に過ごせない時間は耐え難かった。

彼女はアルバイト仲間だけではなく、常連客からも人気があり、誰もが彼女を狙っているように思える。日に日に独占欲と嫉妬が博光の中で高まっていく。

しまいにはアルバイト仲間と普通に話している美桜の姿を見ることさえもツラく思えるようになり、逃げるようにアルバイトを辞めてしまった。

結局、彼女とは自然消滅する形で別れてしまった。それ以来、街中ですれ違うこともなければ、どちらからともなく電話やメールをすることもなかった。

「嘘みたいだわ。まさか、うちの店で再会するなんて。世間は狭いなんて言うけれど、本当にこんなことってあるのね」

美桜は感慨深げに呟くと、博光の姿に熱っぽい視線を注いだ。アルバイトに精を出していた頃は、普段着とたいして変わらないバイト用のTシャツとジーンズ姿しか見ていないはずだ。

彼女にとっても、スーツ姿の博光は別人のように映るのかも知れない。しかし、それは博光にとっても同じだった。

博光の記憶の中にある美桜は、アルバイト中は肩よりも長く伸ばした髪の毛を邪魔にならないようにポニーテールに結い、スポーティな黒地のTシャツとジーンズ姿だった。

たまに見かける普段着は二十代前半の女の子らしく、可愛らしい印象のワンピースなどを着ていた。アルバイト中の服装と普段着のギャップが、二歳年上の彼女をよりいっそう魅力的に見せていた。

帯がないぶんだけカジュアルな雰囲気が漂うとはいえ、着物姿は当時を知る博光からはまったく想像がつかなかった。

十年も経《た》たない間に女というのは、ここまで変わってしまうのか。学生時代から憧れていた美桜は、さらにイイ女に進化しているように思えた。

気が利いたことを言いたいと思えば思うほどに、言葉が出てこなくなってしまう。不甲斐なさを覚えていたときに、神宮寺が手洗いから戻ってきた。

「ご挨拶が遅れました。女将を務めております、臼井美桜と申します。このたびはご来店をいただき、誠にありがとうございます。今後とも何卒よろしくお願いいたします」

美桜は名刺ケースから名刺を取り出し、神宮寺に恭しく差し出した。

学生時代から同年代の女の子と比べると、仕草や言葉遣いが大人びていたのも、老《し》舗《に》の割烹を継ぐべく大切に育てられたひとり娘だとしたら合点がいく気がした。

「あなたが女将さんですか。いやあ、噂以上にお綺麗な方ですね」

すでにかなり日本酒を飲んでいる神宮寺は、無遠慮な視線を絡みつかせた。それでも、懐から名刺を取り出すことは忘れない。視線でさり気なく、博光にも名刺を出すように促す。

「神宮寺さんってお上手なんですね。お料理はいかがですか。なにかありましたら、ご遠慮なくおっしゃってくださいね。今後ともご贔屓《ひいき》に願います」

深々と頭をさげると、美桜は他のテーブルに挨拶に向かった。神宮寺は美桜の後ろ姿を見ながらにやついた表情を浮かべた。

「あれが噂の美人女将か。そりゃあ、店も流行《はや》るはずだ」

周囲の客に聞こえないように、身を乗り出しながら賛同を求める上司の言葉に、博光はこくりと頷いた。

来店客への挨拶回りをする美桜を見ていると、料理や店の雰囲気もさることながら、彼女目当てに通っている常連客が少なくはないことがわかる。

目の前に並ぶ彩りが美しい料理も喉に染み入るような旨い酒も、華やかさを振りまく美桜の前では色褪《いろあ》せてしまう。それほどに、博光の目には女将姿の美桜はあでやかに映った。

不意に通勤用のバッグに入れておいたスマホが震える。営業職をしていることもあり、日頃から極力マナーモードにしているので、振動音には敏感になっていた。

神宮寺は冷酒を飲んでいることもあり、かなり上機嫌になっている。普段は些末なことにも口やかましい男だが、いまは注意力も散漫になっているようだ。とはいえ、上司の前でスマホの画面を確認するのは気が引ける。

神宮寺が再び手洗いに立ったときに、博光はスマホの液晶画面を素早くチェックした。

画面にはショートメールが入ったことを伝える、ポップアップが表示されていた。ショートメールを送ってくる相手はごくごく限られている。

えっ……。

送信相手を確認した瞬間、思わず驚嘆の声が洩れそうになった。スマホを契約《けいやく》してから番号は一度も変えていないので、ずいぶんと以前に登録した番号も削除しない限り保存されている。

ショートメールの送り主は美桜だった。

「お店は午後十時までなのですが片付けなどもあるから、午後十一時過ぎにもう一度お店に来てもらえませんか?」

短いメールだった。メールの形式はあくまでもお願いだが、そこには断れないような関係性が感じられた。顔を合わせるのは久しぶりとはいえ、美桜は博光にとっては絶対に忘れることができない初体験の相手なのだ。博光は、

「了解しました」

という短いメールを送信した。

やがて神宮寺が手洗いから戻ってきて、また日本酒を注文しはじめた。

高級割烹だけあって品数が多いが一品一品の量は控えめだ。日頃のストレスを発散するように、神宮寺はさまざまな銘柄の酒を次々に頼んだ。

今夜の飲食代はおそらく経費扱いなのだろう。身銭ではないことが、彼を強気にしているみたいだ。

アルコールを含めたラストオーダーが済む頃には、神宮寺は完全にできあがっていた。何年にもわたって彼の部下として仕事をしてきた博光だったが、こんなにも酔っている姿を見たことはなかった。

会計を済ませると、事前に予約しておいたタクシーに神宮寺を乗り込ませる。美桜に見送られながら、博光も店を後にした。

とりあえずスマホで検索すると、比較的近場に朝まで開いているバーがあった。時間は午後九時半を回ったところだ。あと、一時間半ほど時間を潰さなくてはいけない

ことになる。

地階にあるバーに入ると、カウンターに並んでいるボトルを眺めた。神宮寺に勧められて日本酒を多少口にしているので、あまり強い酒を飲む自信はなかった。

「自分のリミッターを覚えておかないとダメよ」

と笑った美桜の顔が脳裏をよぎる。

「うーん、どうしようかな。実は上司に結構飲まされてしまってるんだ」

ずらりと並んだボトルを前に博光は考え込んだ。

「それでは、ブルームーンというカクテルはいかがですか？」

バーテンダーが勧めたのは、ブルームーンというカクテルだった。これは紫色のパルフェ・タムールというリキュールと、ウオッカをシェイクしたショートカクテルだ。パルフェ・タムールはニオイスミレなどの花と、アーモンドの香りが漂うリキュールだ。見た目は淡い紫色で可憐な印象なので、女性にも人気があるカクテルだ。

「ブルームーンかぁ、久しぶりだな……」。

目の前に出されたカクテルを見た博光の脳裏に、ある女の姿が浮かんだ。彼女と出会ったのは、博光がまだ入社したての新米サラリーマンだった頃だから六年ほど前のことだろうか。

エッチが終わった後から人妻だって打ち明けるのは、絶対に反則だよな。でも、マジで色っぽい女《ひと》だったよな……。

それは、かつてたまたま立ち寄ったバーで偶然隣の席に座った、三留十志子《みとめとしこ》という人妻だった。

カウンター席しかないバーで居合わせた七歳ほど年上の十志子は、博光が戸惑うほど人懐っこく話しかけてきた。身長は百五十センチそこそこだろうか。小柄で童顔ということもあって、とても人妻には思えなかった。

その十志子が好んで頼んでいたのが、ブルームーンというカクテルだった。薄手のカクテルグラスに赤みが強いルージュで彩られた唇をつけると、音を立てないように薄紫色のカクテルをすする。

味覚や嗅覚というのは不思議なものだ。それらを再び目や口にすると、そのときどきに感じた思い出や感覚が脳内で色鮮やかにフラッシュバックする。

冷静に考えたら、美人局《つつもたせ》とかではなかっただけで有り難《ありがた》いと思わないとな。旦那とのセックスだけじゃ物足りないなんて平気で口にするんだから、よっぽどエッチが好きで好きでたまらないんだろうな。底なしのスキモノだったけれど、イイ女だったよな。いまでもどこかのバーで、夜な夜な男を誘惑しているのかな……。

ブルームーンを口元に運びながら、かつての思い出に耽る。初体験の相手である美桜に呼び出されているというのに、懐かしいカクテルを前にすると別の女との行為を思い出してしまう。

それよりも、美桜さんはどうして営業後の店にぼくを呼び出すんだろう……。

素朴な疑問が湧きあがってくる。輸入関係の食品を扱っている会社の名刺を渡したが、老舗の割烹であれば既存の取引先があるに決まっている。

新規開店する店からはなにかと相談を受けることもあったが、いまの美桜には誰かに相談しなくてはいけないような悩み事があるようにも思えなかった。

まさか、いまさらそんなことはあり得ないよな……。

博光の頭をかすめたのは、かつてのアルバイト先の二階の宴会場での出来事だった。キスさえしたことがなかった博光のことを可愛いと言って、国産のサクランボのような淡い色合いのルージュを塗った唇を重ねてきた感触がまざまざと蘇ってくる。見るからにふっくらとした唇は想像していた以上に柔らかく、それだけで博光は恋に恋する乙女みたいな声を洩らしてしまった。

はしたない期待は嫌でもふくらみ、それが頭の中いっぱいに広がっていくみたいだ。妄想を打ち消すように、カクテルを口へと流し込む。

博光は待ち合わせ時間を気にするように、スマホの画面をのぞき込んだ。こんなにも時間の進み方が遅々として感じられることは滅多にない。

なかなか進まない時間への苛立《いらだ》ちをごまかすように、カクテルをぐっと呷《あお》る。もともとブルームーンはシェイクしたショートタイプのカクテルなので、時間をかけて飲む酒ではない。

約束の午後十一時になる頃には、カクテルを三杯空にしていた。学生時代ならば足元にきたかも知れないが、博光も二十代後半だ。それなりにアルコールへの耐性も備わっていた。

会計を済ませてバーを出ると、再び美桜の店へ向かう。店の看板の灯りは消え、暖簾も仕舞われていた。

すりガラスがはめ込まれた木製の扉越しに、灯《あか》りが点《つ》いている店内の気配をうかがう。営業中とは違い、中に人がいるようには思えなかった。

スマホに送られてきたメールを確かめると、恐る恐るという感じで横開きの扉に手をかける。もしも扉が開かなければ、諦めて終電間際の電車に乗り自宅に戻ればいい。

指先に力を入れた途端、扉がゆっくりと横にスライドした。従業員の姿が見えない店内は先ほどとは別の店舗のようだ。

扉が開く気配を感じたのだろう。カウンター席にひとりで腰をおろしていた美桜がゆっくりと振り返る。

「嬉しいわ、来てくれたのね」

「あんなメールがきたら、無視することなんかできませんよ」

漆黒のアイラインで強調された目元を緩めると、美桜はカウンター席からすっと立ちあがった。居酒屋でアルバイトをしていた頃とは違い、その仕草のひとつひとつが洗練されているように感じられる。

「博光くんも来てくれたことだから、鍵をかけておかないと」

意味深な物言いに、身体の奥がじわりと熱くなるみたいだ。それはバーで口にした、ショートタイプのカクテルのせいだけではなかった。

「せっかく来てくれたのだから、特別なお部屋に案内するわね」

「特別な部屋って……？」

「うちは一応高級な割烹って評価をいただいているの。だから、他のお客さまとは顔を合わせたくないという方や、秘密の話をしたいという方も少なくはないのよ。だから、そういう方専用のお部屋があるの。いわゆるＶＩＰ専門のお部屋と言えばいいのかしら」

美桜は店の奥へとしずしずと足を進めた。その後を博光もついて行く。

「誰かが間違えて入ってこようとしたら、興ざめだものね」

そう言うと、美桜はメインの照明を落とした。こうしておけば、閉店後の店内としか思えない。

男女別に左右に設《しつら》えられている手洗いの先には、無地の暖簾がかかっていた。暖簾をくぐっても、畳二畳ほどの場所にはなにもなく単なる行き止まりに思える。

木目が美しい壁には、特に仕掛けめいたものがあるようには見えない。美桜はその壁の一部を指先で押した。一カ所ではない。順番が決められているのだろう。慣れた手つきで押していくと、がちゃりとロックが外れる音が響き、行き止まりにしか見えなかった木製の壁がゆっくりと横に開いた。

「えっ……」

博光は目を見開いた。まるで手品でも見ているみたいだ。

「さあ、どうぞ、ここが当店の自慢でもあるＶＩＰルームよ。この通路を通らなくてもお料理やお酒を運ぶこともできるし、特に出入りを警戒しなくてはいけないお客さまのために、ビルの裏側から入れる秘密の通路もあるの。この部屋は寛《くつろ》げるように畳敷きにしているから、シューズボックスに靴を入れてあがってもらえるかしら」

美桜は誇らしげに微笑んでみせた。

広々とした畳敷きのＶＩＰルームには、緩やかな弧を描く、やや低いカウンター席が設《しつら》えられ、その前に肘かけがついた木製の椅子が等間隔で並んでいた。

和洋折衷、あるいは和モダンと言えばいいのだろうか。実に不思議な空間に思える。

カウンターの中の床は一段低くなっていて、壁に作りつけられた棚には見るからに高そうな酒が並んでいた。

「なんだか、スパイ映画でも見ているみたいですよ」

こんな機会でもなければ、一生縁《えん》がないような室内を見回しながら啞然とするばかりだ。美桜はカウンターの中央に置かれた椅子を二脚寄り添うように並べ直すと、博光に座るように促した。

「ここは特別なお客さましか入れないの。まあ、表ではできない秘密の話をするための部屋というところかしら。お客さまから頼まれると、ここでカクテルをお出しすることもあるのよ。最初はこんなカクテルはどうかしら？」

カウンターの中に入ると、美桜は鮮やかな手つきで複数のボトルをカウンターに並べた。

ドライ・ジン、ウオッカ、ホワイト・ラム、テキーラ、ホワイト・キュラソー、レモン・ジュース、シュガー・シロップ、コーラ。

ずらりと並べられたボトルを左から右へと手のひらで指し示しながら、美桜は、

「これでなにを作ろうとしているのか、わかる？」

と問いかけた。カウンターの上には、氷を入れた細身《ほそみ》のコリンズグラスがふたつ並んでいる。

「忘れるわけがないですよ。これってロングアイランド・アイスティーを作るための材料じゃないですか」

「あら、覚えていてくれたのね。なんだか感激しちゃうわ」

「紅茶を一滴も使わないのに、アイスティー風味のカクテルになるんだって教えてくれたのは美桜先輩ですよ」

「記憶力がいいのね。それとも忘れられない思い出だった？」

美桜は材料をグラスに注ぎ入れると軽くステアし、スライスレモンとピンに刺したマラスキノチェリーを添え、博光の前にすーっと差し出した。

見た目はアイスティーそのものだが、強い酒ばかりをベースにしているので、アルコール度数は二十五度を超えるカクテルだ。黄色のレモンと赤いチェリーがアクセントになっている。

カクテルを作り終えた美桜はカウンター内から出ると、博光の左隣の椅子に腰をおろした。再会を祝すように、そっとグラスの縁《ふち》を近づける。

洋風なカウンター席に座っているのに、美桜の着物の裾からのぞくのが足袋《たび》というのが不思議な感じだ。

「なんだか、懐かしいわね。こうしていると、学生時代に戻ったみたいな気持ちになってしまうわ」

営業中は若女将として店内を切り盛りしていたのだろう。やっと気を抜けるとばかりに、美桜は細身のグラスに入ったカクテルを喉に流し込んだ。

「ぼくにはリミッターを覚えておけとか言っていたのに、美桜さんだって、ロングアイランド・アイスティーを頼むと、すぐに酔っぱらっていたじゃないですか？」

「あら、ずいぶんと意地の悪いことを言うのね。それだけ、博光くんの前では気を許していたってことじゃないかしら？」

博光の方に向き直ると、美桜は茶目っ気を感じさせる口調で呟いた。確かにそうかも知れない。将来のことを考えて、大学に通いながら居酒屋でアルバイトをしていたのだろう。

アルバイトとはいえ仕事が早く接客も上手な彼女は、経営者やバイト仲間からの信頬も厚かった。それだけに常に明るく振る舞ってはいても、重圧を感じていたのかも知れない。

「せっかくわたしが腕を振るったのに、お酒が進まないように見えるけれど」

仕事あがりとあって美桜はピッチが速く、あっという間にグラスの底が見えそうだ。

「実は時間潰しに近くのバーに寄っていたんですよ。そこでカクテルを三杯くらい飲んでるんで」

「なによ、だらしがないわね。飲めないんなら飲ませてあげましょうか？」

美桜はなまめかしく笑ってみせた。学生時代は淡いピンク色のルージュを好んでいたようだが、いまは女将という立場を考えてかワインレッドに近い色合いのルージュを塗っていた。

くっきりとした弧を描く大きめの瞳も、ブラウン系のアイシャドウと漆黒のアイラインとマスカラで強調されている。大人の女の色香が漂う瞳で見つめられるだけで、どぎまぎしてしまう。

美桜は博光のグラスを摑むと、天井を仰ぎ見るような角度で、その中身を口の中に含んだ。わずかにふくらんだ頬が、頬袋に餌を含んだ子リスみたいで愛らしく思える。

「んーんっ」

喉を鳴らすような声を洩らすと、美桜は博光に向かって唇をにゅんと突き出した。大学生の頃ならば、それがなにを意味するのかわからなかったに違いない。

しかし、博光もいまは二十八歳の男だ。美桜がなにをしようとしているのかは、その表情を見れば伝わってくる。

博光はルージュで彩られた唇に、口元をゆっくりと重ねた。ぷりんとした唇の柔らかさは、学生時代と少しも変っていない。

互いに少しずつ唇を開いていくと、美桜が含んでいたカクテルがゆっくりと流れ込んでくる。アルコール度数は高いのに飲みやすいという理由から、マダムキラーやレディキラーと呼ばれているカクテルだ。

口移しで少しずつ注ぎ込まれたカクテルによって、口の中の粘膜がじわーっと熱を帯びるみたいだ。博光は小鼻をふくらませながら、カクテルをごくりと飲み込んだ。

「どうっ、美味しい？」

小首を傾《かし》げながら、美桜が問いかけてくる。ふたつ年上の美桜は、二部式とはいえ着物姿で髪の毛を後頭部で結いあげているせいか、実際の年齢よりも熟した色香を漂わせている。

洋猫を思わせる大きな瞳を見ていると、逆らってはいけないような気持ちになってしまう。博光がカクテルを飲みくだすのを確かめ、彼女はもう一度カクテルを口移しで飲ませた。

いっきに心臓の鼓動が速くなるのは、アルコールのせいだけではなかった。免税店に漂う香水に似たルージュの香りが、唇を密着させていることを強く意識させる。

「はあっ……」

博光は口元から切なげな吐息を洩らした。

「変わらないのね。そういうスレていない感じが、母性本能をくすぐるのよね」

美桜は口角をわずかにあげて微笑むと、銀色のピックに刺したチェリーを口の中に放り込んだ。マラスキーノという洋酒に漬け込んだサクランボは、透き通った綺麗な赤い色だ。

美桜の口元が小さく動く。彼女が身を乗り出すようにして、突き出した唇を寄せてくる。唇が重なった瞬間、半分に割られたチェリーを口の中に押し込まれた。洋酒に漬け込んであるので、やや甘ったるい独特の風味がある。

博光は半分に割られたチェリーに歯を立てた。彼女の歯で嚙みちぎられたものだと思うと、ひと味もふた味も違う気がする。

「美桜さんも変わってないですよね。少し強引な気もするけれど、その瞳でじっと見つめられると逆らえない気持ちになってしまうんです」

「あら、そんなふうに言われるなんて、ちょっと心外だわ。強引にしていたつもりはなかったんだけれど」

美桜は椅子から立ちあがると、もう一度カウンターの中に入った。アイスペールにロックアイスを入れると、カウンターに水割り用のグラスをふたつ置き、ブランデーやウイスキーなどのボトルを並べる。ミネラルウォーターを出すことも忘れない。

目の前に置かれたのは、どれもこれも高級として知られている酒ばかりだ。どうやら好きなものを選べという趣向らしい。

「わたしのお勧めはコレなんだけど」

美桜が水割りにして差し出したのは、最近は世界的な評価が高くなったことから品薄になり、価格が高騰している国産の高級ウイスキーだった。

「ねえ、今度は博光くんが飲ませて……」

美桜が甘えた声で囁く。着物というのは不思議なものだ。ぴっちりと重なった前合わせのせいで、胸の谷間をうかがうこともできなければ、長い裾によって足首まで隠されている。

わずかに垣間見ることができるのは、裾からちらちらと見え隠れする足元くらいだ。

それさえも足袋によって包まれているので、ほとんど素肌を見ることはできない。逆にそれが妄想をよりいっそうかき立てる。

博光は美桜の背中に手を回すと、ぐっと抱き寄せた。椅子の肘掛けが、ふたりの身体が完全に密着するのを邪魔しているみたいで忌々《いまいま》しく思える。

博光は目の前のグラスに手を伸ばすと、ウイスキーの水割りを口に含んだ。割烹の若女将が勧めるだけあって、芳醇な香りが口の中いっぱいに広がる。

小さく喉を鳴らし、半分ほど飲み込むと、おもむろに唇を重ねた。彼女の唇は黄金色の液体を欲するように、すでに半開きになっていた。

少しずつ唇を開いて、濃いめの水割りを美桜の口の中にゆっくりと注ぎ込む。彼女は餌をせがむ燕の雛《ひな》のように、貪欲にそれを飲みくだした。

「はぁんっ……」

甘え声を洩らした美桜の唇に、舌先をずるりと潜り込ませる。白い歯並びを見せる前歯をくぐり抜けると、待ち構えていたかのようにしっとりとした舌先が絡みついてくる。

んんっ、ぬぷっ、じゅぷっ……。

喉の奥から発せられる湿っぽい声と、舌先が縺《もつ》れ合う音が淫猥なハーモニーを奏でる。口づけの熱っぽさに反応するように、美桜も博光の背中に手を回した。

思えば、初体験のときから美桜にはずっとリードされっぱなしで、男としては少々情けなく思える。それほど経験が豊富というわけではないが、せめて一矢報《むく》いたいような気持ちに駆られてしまう。

博光は舌先に意識を集中させると、彼女の前歯の表面をゆるゆると舐め回した。舌の動きに反応しているのだろうか。博光の背中に回した美桜の指先に、力がこもるのを感じる。

博光は舌先を尖らせると、綺麗に生え揃った彼女の前歯を上下にこじ開けた。舌の付け根が軽い痛みを覚えるほど舌先を伸ばすと、上顎の内側のやや骨ばった辺りをれろりれろりと舐め回す。

口の中の粘膜というのは自身が意識している以上に敏感で、性的な興奮が伴うと性感帯のひとつのように思える。自分が愛撫をされて感じる部分は、相手も感じるに違いないはずだ。

「あっ、ああんっ……」

わずかに開いた唇の隙間から悩ましい声が洩れる。整った顔立ちが、快美に歪むのさえもセクシーに思えた。博光は鼻先から荒々しい呼吸を吐き洩らすと、舌先で美桜の口内粘膜を刺激し続ける。

「ああっ、頭がぐらぐらしちゃうっ……」

美桜は狂おしげな声を洩らしながら、肢体をなよやかに揺さぶって愛撫から逃れた。乱れた呼吸を整えるように、左手で襟元を押さえている。

「あーんっ、知らない間にずいぶんとキスが上手くなったのね。もしかして昔と違って、いまは派手に遊んでいるの？」

「まさか。ぼくがそんなタイプじゃないのは、美桜先輩が一番わかっているんじゃないですか」

博光はわざと一番という単語を口にした。美桜と初体験を済ませてから付き合った娘《こ》は確かにいる。

でも、童貞を捧げるという言い方には抵抗があるとしても、はじめて身体の関係を持ったのは美桜であることは間違いがないことだ。

男であれ、女であれ、はじめての相手には特別な思い入れがある。

「そうね、博光くんはヘンに遊んだりするようなタイプじゃなかったわね。ねえ、わたしたちって、どうして別れちゃったのかしら？」

「いや、あれはぼくがどうかしていたんだと思います。みんなから注目される先輩をひとり占めしたくて、おかしくなってたっていうか……」

博光はいままで隠していた思いを口にした。

「そんなふうに思われるのって、女としては幸せなことよね。いまさらだけど、残念でたまらない気がするわ」

胸を締めつけられるような声で呟くと、美桜は博光の身体にしなだれかかってきた。

「せっ、先輩……」

「先輩なんて言い方はやめて。美桜って呼んで」

女心を滲《にじ》ませる物言いが、博光の心を揺さぶる。左隣に座っていた美桜は、博光の左手を摑むと着物の合わせ目へと導いた。

帯で締めつける通常の着物とは違い、二部式の着物には帯がない。例えるならば、作務衣《さむえ》の下衣が巻きスカートのようになっている感じだろうか。

着物の胸元に忍び込んだ指先が長襦袢《ながじゅばん》に触れる。すべすべとした感触が指先に心地よい。女の子と付き合ったことはあっても、長襦袢に触れた経験はなかった。

長襦袢の中はどうなっているのだろうという、素朴な疑問が湧きあがってくる。美桜はスレンダーな肢体をしているが、乳房のふくらみはEカップはあったはずだ。それを確かめるように、長襦袢にすっぽりと覆われた胸元をまさぐる。

男にとって、視覚や触覚から得られる興奮は大きい。着物の中に手を入れるという背徳的な行為に、身体のど真ん中に位置している牡の部分が反応しないはずがない。帯がある普通の着物は、男にとってはハードルが高い。特に博光のように二十代後半の男にとっては、その脱がし方さえも想像がつかない。

しかし、美桜が身に着けているのは帯がない二部式のものだ。上着を留めているのは、右のウエスト辺りで結び留めている紐だけなのは素人目にも理解ができた。

博光は前のめりになると、上着を留めているリボン結びをしゅるりとほどいた。それだけで、上着がはだけ、真っ赤な生地の長襦袢が露わになる。上着からちらりとのぞく襟元には、刺繍が施された半襟が付いていた。

赤い色というのは女の肢体をいっそう色っぽく見せる。闘牛ではないが、血を連想させるような色を目にすると、それに向かって猪突猛進《ちょとつもうしん》したくなる。

博光は前合わせがはだけてしまった上着を、美桜の肢体から剝ぎ取った。赤い襦袢がはだけないように結んでいるのは、淡いピンク色の伊達《だて》締めだった。

真っ赤な長襦袢の上に、巻きスカート状の下衣を着けているのが逆にいやらしさを醸し出している。

隠されていると余計に見たくなる。スカートめくりをする男児の気持ちが理解できる気がした。

博光は椅子から立ちあがると、美桜の手首を摑んで立ちあがらせた。長襦袢の上に巻きつけているスカート状の下衣の結び目もほどく。しゅるりという衣擦《きぬず》れの音を立てて、下衣が床の上に舞い落ちる。

美桜は目にも鮮やかな赤い長襦袢を、淡いピンク色の伊達締めで結び留めている姿になった。長襦袢の中がどうなっているのかは、博光には想像もつかない。

「あんっ、こんな恰好恥ずかし過ぎるわ」

美桜は熟れ盛りの肢体をよじった。長襦袢の上からでも、胸元のふくらみがはっきりとわかる。

「わたしだけこんな格好なんて不公平だわ」

恥ずかしさをごまかすように、美桜は不満めいた声を洩らした。しかし、うっすらと紅潮した頰や首筋の色合いからも、本気で怒っているのではないことが伝わってくる。

「だったら、ぼくも脱げばいいんですよね」

美桜に童貞を奪われた頃とは違う。博光だって二十代後半の男だ。こんなときに狼狽《うろた》えるのは、男らしくないことくらいは理解していた。

スーツのジャケットを肩口から引き抜くと、美桜は室内に備えつけられていたハンガーにかけてくれた。この辺りのさりげない気遣いが男心にじぃんと響く。

ジャケットだけでなく、ズボンも脱ぎ、ワイシャツとトランクス姿になる。

「ああっ、前よりも男っぽくなったみたい」

言うなり、美桜はワイシャツのボタンをひとつずつ外すと、それを剝ぎ取った。インナーシャツも毟《むし》り取り、それほど厚みのない胸板を指先でじっくりと撫で回す。

繊細な指使いに反応するようにトランクスの中で、ペニスがびゅくんと蠢いてしまう。

「相変わらず、いやらしいんですね」

「あーんっ、そんなふうに言わないでよ。そうね、強《し》いて言うならば本能に忠実だとでも言って欲しいわね」

男の体躯に舐めるような視線を絡みつかせながら、赤い長襦袢姿の美桜は肢体をくねらせた。

「そうですね。本能って大切ですよね」

美桜の言葉に賛同する言葉を口にすると、博光は長襦袢を留めている伊達締めをほどくと、少し荒っぽく左右にはだけさせた。

「えっ……？」

博光の口元から意外そうな声が洩れる。長襦袢の下から現れたのは、肌襦袢と呼ばれるスリップタイプの白い肌着だった。赤い長襦袢と白い肌襦袢のコントラストが目に眩しく映る。

「着物っていうのは、下着を着けないものだって勝手に思い込んでいましたよ」

「着物は頻繁に洗うようなものではないから、普通は肌襦袢や長襦袢を下に着けるものなのよ」

「だったら、肌襦袢の中はどうなってるんですか？」

「いまどきは着物用のブラジャーやショーツもあるのよ。でも、それってオバサンみたいだから、わたしは普通の下着を着けているの」

真っ赤な長襦袢のはだけた胸元からは、白い肌襦袢に包まれた乳房のふくらみをうかがうことができる。

帯を巻く本格的な着物の場合は、あえてタオルなどを巻いて胸のふくらみを押さえると老舗の旅館の女将から聞いたことがあった。要は牡の視線を釘づけにするようなメリハリが利いた女らしい体形は、着物には不向きらしい。

それを考えると、スレンダーな肢体には相応しくない乳房の持ち主である美桜が、あえて体形がわかりづらい二部式の着物を着ている理由が理解できる気がした。

「相変わらずエッチな身体をしているんですね」

「博光くんも大人になったのかしら。昔はそんなことを言えるタイプじゃなかったのに。そうなのよね、なまじ胸が大きいと着物を着るときの補正が大変だし、胸の形が崩れそうで嫌なの。だから、いまは二部式の着物にしているの。本来ならば、きちんと帯を巻くような着付けをするべきなんでしょうけれど……」

「いや、ぼく的には二部の着物の方がいいですよ。帯を巻いていたら、どこから脱がせればいいかなんて、まったく想像もつきませんよ」

「博光くんったら、ずいぶんと大胆なことを言うようになったのね」

「これでも一応は営業マンですから。ときと場合によっては、思ってもいないお世辞を言うことだってあります。でも、口では嘘をつくことはできても、ココは嘘をつけませんよ」

博光はトランクス越しでもはっきりとわかるほどに、布地を押しあげる肉棒を誇張するように腰を前後に揺さぶってみせた。

「はぁんっ、もうそんなに硬くしているなんて……」

美桜は悩ましげな吐息を洩らし、肌襦袢に包まれた胸元を喘がせた。見るからにもっちりとした乳房が息遣いに合わせてふるふると弾む。

「先輩の身体を見ているだけで、ますます勃起しちゃいますよ」

「もう、先輩はやめてって言ったのに」

形のいい唇をわずかに尖らせると、美桜はスリップタイプの肌襦袢の結び目をほどいた。

「うわっ……相変わらず、おっきいっ……」

博光は目を見開いた。思わずため息がこぼれてしまう。

白い肌襦袢の下から現れたのは、ピンク色に近い淡い紫色のブラジャーだった。サテン生地のカップの縁《ふち》には、花のモチーフがふんだんにあしらわれている。

三十路《みそじ》の女に相応しい、大人っぽいデザインよりも博光の視線を引き寄せたのは、左右のカップのあわいに刻まれた深々とした谷間だった。

ほっそりとくびれたウエストのラインから張り出したヒップを包んでいるのは、ブラジャーとお揃いのショーツだった。

「焦らないで。今日は金曜日よ。明日は休みなんでしょう」

年上の余裕を滲《にじ》ませる美桜の言葉に、博光はこくりと頷いた。

「だったら、じっくりと楽しみましょう。まずは座ったら？」

美桜はカウンターに向かうように置かれていた二脚の椅子を、向かい合うような形に置き直した。

「こうすれば、お酒を飲みながら楽しめるでしょう」

博光が椅子に腰をおろすと、美桜も向かいに座り、水割りのお代わりを差し出した。先ほどは国産のウイスキーだったが、今度は伝統的なスコッチウイスキーだ。

水割りを口元に運ぶ博光を美桜は艶然と見つめている。なにかを企《くわだ》てているような妖しげな表情にどきりとしてしまう。

美桜はおもむろに立ち上がると、椅子に腰をおろした博光の眼前に、赤い長襦袢をはだけさせた姿で、ゆっくりと顔を近づけてくる。まぶたを閉じた彼女の唇にキスをする。アルコールの匂いがほんのりと漂うキス。

ふたりは唾液を交換し合うみたいに、舌先を濃厚に絡み合わせた。ときおり、口元から切なげな吐息がこぼれる。

「博光くんったらキスが本当に上手くなったのね。他の娘《こ》とも色んなことをしていたんだと思ったら妬《や》けちゃうわ」

感慨深げに囁くと、美桜は博光の耳元にふーっと熱っぽい息を吹きかけ、耳の縁にかぷりと歯を立てた。甘噛みをしながら、耳をゆっくりと舐め回す。

唾液で濡れた部分に吐息を感じると、くすぐったさと同時に背筋がぞくぞくするような甘ったるい快感が湧きあがってくる。

博光は椅子に座ったまま、わずかに背筋をのけ反らせた。美桜の一挙一動にトランクスに包まれたペニスがびゅくびゅくと跳ねあがる。

トランクスのフロント部分には、鈴口から噴きこぼれた先走りの液体が滲み出していた。物欲しげに蠢く牡のシンボルを、すらりとした指先がそっとなぞりあげる。

「エッチなお汁がいっぱい溢れてるみたいよ」

年下の男の反応を楽しむように囁くと、美桜は立ったまま、博光の眼前にブラジャーに包まれた胸元を突き出した。彼女の息遣いに合わせるように弾む乳房を、目の当《まあ》たりにしたくてたまらなくなる。

博光はくぐもった声を洩らすと、薄紫色のブラジャーのカップの縁に両手の指先をかけた。美桜は言葉を発することもなく、博光の指先をじっと見つめている。

指先にぐっと力をこめて左右のカップを同時に引きずりおろす。魅力的な稜線をひけらかす乳房が、ぷるんという音を立てるようにこぼれ落ちてくる。その頂きは、冬から春にかけて咲くオキザリスの花のような可憐なピンク色だ。

すかさず、博光は左の乳房にむしゃぶりついた。ブラジャーに保護されていた乳首は、ぬるついた舌先の感触に驚いたようにその身を硬く尖り立たせる。

博光は乳首の根元に軽く歯を立てながら、にゅんと突き出した乳首の表面を舌先で舐め回した。女の乳首やクリトリスはペニスに似ている。大きさや形は全く違うが、興奮すればするほどに硬くなり、充血したみたいに飛び出してくる。

「ああん、キスだけじゃなくて愛撫も上手になってるのね」

美桜はもっととせがむように、はだけた長襦袢の胸元をぐっと突き出した。象牙を思わせるほどに白い素肌に、赤い長襦袢が映える。

「かっ、感じすぎて……立っていられなくなっちゃうっ……」

彼女はほっそりとした太腿をすり合わせた。足元を包む純白の足袋も博光にとっては新鮮だ。

よろけるように美桜は床の上に膝をついた。ブラジャーのカップからこぼれた双乳がたぷんたぷんと弾んでいる。

「博光くんったら、知らない間にずいぶんと大人になっちゃったのね」

童貞を奪った美桜からすれば、博光はいつまでも可愛い後輩であり、束の間とはいえ恋の相手だったのだろう。

美桜は立て膝になったまま、先走りの液体が卑猥な濡れジミを作ったトランクスのゴムの部分に指先をかけた。それがなにを意味しているのかわかるくらいには、博光も成長している。

椅子から軽く腰を浮かせて、トランクスの引きおろしに協力する。

「すごいわっ、若いっていいわね。こんなにきちきちに硬くなっちゃうなんて。得意そうに天井に向かって反り返っているわ」

美桜は蕩けるような視線で、無数の血管を浮かびあがらせるペニスを見つめた。

「あれから色んな娘と付き合ったんでしょう。だったら、こんなことをされたことはあるかしら？」

博光の牡としての成長ぶりに、美桜は少なからず嫉妬を感じているようだ。彼女はブラジャーからまろび出た、ふたつの乳房を両手で下から支え持った。手のひらでゆさゆさと揺れる乳房からも、その重量感が伝わってくる。

彼女がなにをしようとしているのか。博光は息を詰めて、成り行きを見守った。

むっ、むにゅっ……。

吸いつくようなしっとりとした乳房の谷間に、隆々とそびえ勃った肉柱を押しつけると、両手を使ってしっかりと挟み込む。

こっ、これって……まさかパイズリってやつか……。

博光は呼吸を乱した。ＡＶなどでは見たことはあるし、男友だちからもその心地よさを聞いたことはあった。

しかし、自身の身体で味わうのは生まれてはじめてのことだ。

乳房の両側からぎゅっと挟み込まれたことによって、尿道の中に溜まっていた粘り気のある牡汁が亀頭の割れ目からじゅるりと噴きこぼれる。

「男の子だって感じると濡れちゃうのよね」

美桜はお姉さんっぽい口調で囁いた。博光が交際した相手に対する恋敵《ライバル》意識が、彼女を駆り立てているようだ。

「後から後から溢れてくるみたいっ」

美桜は嬉しそうな声をあげると、上目遣いで博光を見つめた。くるんとカールしたまつ毛が上下するたびに、ペニスが淫らな液体をじゅわじゅわと溢れさせる。

それは亀頭を濡らすだけでなく、裏筋へと流れ落ちた。前傾姿勢になった美桜がゆっくりと身体を前後に振り動かす。先走りの液体がローション代わりになって、よりなめらかにペニスをしごきあげる。

「ひあっ、ヤバいです。こっ、これは……」

博光は喉を絞った。フェラチオとはまったく種類が異なる快感が、下腹部を包み込む。まるで巨大なわらび餅に怒張を覆われているみたいだ。

「もうっ、そんなふうにエッチな声を出されたら嬉しくなっちゃうじゃないっ」

卑猥な技を繰り出しながら、美桜は色っぽい声で囁いた。

「だったら、こういうのはどうかしら？」

美桜は見せびらかすみたいに、粒だったピンク色の舌を伸ばすと、ちろちろと揺さぶってみせた。牡の好奇心を煽《あお》り立てるような艶っぽい仕草に、博光のボルテージは上昇するいっぽうだ。

量感と柔らかさに満ち溢れた乳房で肉柱を包み込みながら、美桜は亀頭に向かってぽってりとした唇をゆっくりと近づけていく。

ちろりっ、てろりっ、ぢゅるりっ……。

両の乳房で威きり勃ったペニスを挟み込んだまま、美桜は亀頭にゆっくりと舌先を這わせた。

「うぁっ……」

趣きが異なるふたつの快美感に、博光は感嘆の喘ぎを洩らした。亀頭の先端から噴きこぼれたカウパー氏腺液をわざと淫猥な音を立てながら、ずずずぅっと吸いあげられると、尿道の中だけではなく頭頂部めがけて快感がびりびりと突き抜けるみたいだ。

乳房の谷間からはみ出した亀頭を口の中に含み、雁首の周囲を舌先で丹念にこねくり回したりもする。

「せっ、先輩っ、ダメです。これ以上はヤバいですっ」

淫嚢の裏の辺りから押し寄せてくる甘美感に、たまらず博光は悲鳴にも似た声をあげた。

「久しぶりなのに、あんまり過激なことをしたら嫌われちゃうかしら？」

口元に笑みをたたえると、美桜はようやく淫茎から唇を離した。ブラジャーのカップからこぼれていた乳房を支えていた両手の指先から力を抜く。

両手を離したことで、まるでわざとカップの部分をくり抜いた卑猥なデザインのブラジャーを着けているみたいに見える。

「はあっ、はああっ……」

必死に射精を堪えていた博光は、天井を仰ぎ見ると胸元を喘がせた。昂ぶりを表すようにペニスだけではなく、触れられてもない乳首もきゅっとしこり立っている。

「ぼくのことを大人になったって言っていたけれど、先輩だって色々とあったんじゃないんですか」

いいように弄ばれているような思いに駆られた博光は、悔し紛れに少しシニカルな物言いをした。

「色々ねえ。そうね、老舗の割烹のひとり娘になんて生まれるものじゃないって思ったことは、数えきれないくらいにあったわね」

どことなく寂《さび》しさを感じさせる口調で美桜が呟く。博光が知っていたのは、どこでも誰にでも分け隔《へだ》てなく接する明るい姿だった。しかし、博光が知らないだけで、さまざまな苦労や苦悩を抱えていたのかも知れない。

博光は口にしてしまった言葉を後悔した。しかし、一度口から発してしまった言葉を、いまさらなかったことにするなど、できるはずがない。

「まあ、生きていれば望もうと望むまいと、色々とあるわよね」

そう言って微笑んだ美桜の表情は、博光が知っている面倒見がいい先輩の顔だった。その表情がなんだかいじらしく思えてしまう。

博光は床の上に膝をついていた彼女を立ちあがらせると、背骨が軋む音が聞こえるほどに強く抱きしめた。ぴったりと重なる胸元の量感とは対照的な、スレンダーな肢体。

感じさせられるだけではなく、彼女も感じさせなければという使命感が込みあげてくる。

「本当はこういうのはイケないのかも知れないんですけれど」

そう言うと、博光は高級感が漂うカウンターの上に彼女を座らせた。和風の造りとあってか、カウンターのテーブルの高さも低めだ。

前合わせがはだけた赤い長襦袢や白い肌襦袢からは、すらりとした太腿とふくらはぎが伸びている。

ブラジャーのカップからこぼれ落ちたEカップはある熟れ乳が、破廉恥な期待に胸を躍らせるように上下に弾んでいる。

「先輩の身体って、相変わらずいやらしいですよね」

そう言うと、博光は赤い長襦袢と白い肌襦袢を羽織った肢体に両手を伸ばした。すり合わせるように重ねた丸い膝頭が小さく震えている。

博光は指先に力を込め、両膝を左右に大きく割り広げた。薄紫色のショーツの船底は、想像していたよりもかなり面積が控えめだった。

「あーんっ、こんなのって恥ずかしいわ」

羞恥に頬を染めた美桜が、視線を泳がせながら呟く。言葉とは裏腹にショーツの底の部分には、はっきりとわかるような縦長の濡れジミができていた。

「美桜さんだって、感じていたんじゃないんですか？」

浮かびあがった卑猥なシミの痕跡をたどるように指先でなぞると、美桜の唇から艶っぽい喘ぎが洩れた。博光の指先の動きに連動するみたいに、濡れジミがじゅわっと広がっていく。

「いやらしいシミがどんどん大きくなっていきますよ」

博光は濡れそぼった二枚重ねの布地をつつーっと撫であげた。クリトリスが鬱血しているのが、指先に伝わってくる。

「あーん、ダメッ、それ以上刺激されたら……」

美桜は赤い長襦袢に包まれた肢体を揺さぶった。だが、いまさら退《しりぞ》くことなどできるはずがない。博光はカウンターに並んでいた高級な酒のボトルを摑むと、大きく左右に割り広げた彼女の太腿の内側に置いた。

太腿を閉じようとすれば、ボトルが倒れるという仕掛けだ。

「はあっ、博光くんがこんなことをするなんて……」

「美桜さんだって、パイズリしたうえにフェラチオをするとか掟《おきて》破りですよ。あんなことをされたら、我慢できなくなるに決まっているじゃないですか」

いままでいいように自分の心身を籠絡《ろうらく》した年上の女が狼狽えるさまに、剝き出しになった怒張がそうだと頷くみたいに上下する。

「なんだかすっごくいやらしい匂いがしますね」

わざとらしいセリフを吐くと、博光は剝き出しになった美桜のショーツの底に鼻先を近づけた。足の間に置かれた二本のボトルに邪魔をされて、太腿を閉じ合わせることはできない。

仮にも老舗の割烹の若女将だ。酒の値段の問題などではなく、万が一にも割れたガラスによって怪我をすることを恐れているのだろう。

博光はカウンターの方へ椅子の向きを変えると、腰をおろした。目の前には赤い長襦袢に身を包んだ美桜の肢体がある。これ以上の肴《さかな》があるだろうか。

あらためてスコッチウイスキーの水割りを口にしながら、あられもない彼女の姿を鑑賞する。

「ああんっ、こんなのって……こんな格好っ、恥ずかし過ぎるわっ……」

博光の熱い視線を浴び、美桜はぎゅっとまぶたを閉じた。普段は周囲からちやほやとされ続けてきたのだろう。日常生活とは真逆とも思える追い詰められた状態が、美桜の心身を昂ぶらせているみたいだ。

博光は美桜の下半身から漂う淫靡な香りに鼻を鳴らした。程よく熟した上等なチーズのような匂い。しかもそれは甘さを含んだ芳《かぐわ》しい香りだ。

カウンターに太股開きで腰をおろした美桜の太腿の付け根を隠しているのは、面積がごくごく小さめのショーツだけだ。

太腿を大きく左右に割り広げたことによって、ショーツの船底形の部分からはわずかに大淫唇を垣間見ることができる。博光は蜜まみれのクロッチ部分に指先をかけると、それをゆっくりと左にずらした。

女にとって、一番秘めておきたい部分があからさまになる。美桜は羞恥に白い頬を上気させ、まぶたを小さく震わせている。

あからさまになった恥ずかしい部分は、全体的に肉づきが薄く草むらも控えめな感じだ。色白なだけに秘めた部分も色合いが控えめで、ひらひらとした二枚の花びらが恥じらうように顔をのぞかせている。

博光は行儀よく重なっている花びらのあわいに狙いを定めて、つぅーっとなぞりあげた。花びらの合わせ目でようやっと留まっていた甘蜜が指の動きに驚いたように、とろりと滴り落ちてくる。

「男の子だって感じると濡れちゃうのよね」

そんなふうに嘯《うそぶ》いていた美桜だったが、その濡れ方は博光とは比べ物にならない。

花びらどころか、充血した淫核やきゅんとすぼまった菊皺の辺りまで、潤みの強い牝蜜が濡れ広がっていく。

男によっては、行きずりの関係の女のヴァギナに挿入することはできても、キスをしたりクンニをしたりすることには抵抗があるタイプがいる。どちらかといえば、草食系男子を自認する博光もそんなタイプだ。

しかし、相手は童貞を捧げた年上の女だ。いまさら躊躇《ちゅうちょ》する必要などない。博光は左右の指先でサーモンピンクの花弁を押し広げると、花びらの内部を剝き出しにした。

そこは上等の中トロを思わせるような旨そうな色合いだ。花びらの頂点では肉膜から半分ほど顔を出したクリトリスが息づいている。

間髪おかず、舌先をべったりと密着させるようにして花びらの内部や蜜核を刺激する。

「ああんっ、感じちゃうっ、感じちゃうーっ……」

美桜はあられもない声を迸らせると、ヒップを左右に揺さぶった。あえて薄紫色のショーツは脱がせていない。横にずらしたショーツからはみ出した、女の部分がいやらしさを倍増させていた。

「んんんっ、それ以上されたら……」

カウンターの上に両手をついた美桜が、肢体をわなわなと震わせる。弓のようにしなった背筋が悩ましい。

「それ以上されたら？」

「ああーんっ、イッ、イッちゃうっ。舐められて……イッ、イッちゃうっ……」

大きく割り広げられた太腿の間には、酒のボトルが置かれている。太腿を閉じられないという尋常ではない状況が、彼女をさらに燃えあがらせているみたいだ。

博光は狙いを定めると、可愛がってと訴えるみたいにふくれあがった淫核に舌先をねちっこくまとわりつかせた。

「ああっ、ダメよっ、イッ、イッちゃうーっ……！」

カウンターテーブルに腰をおろした、美桜の身体が大きく跳ねあがる。博光は慌てて太腿の間に置いておいたボトルを摑むと、身体を乗り出してカウンターの中へと移動させた。

同じようにガラス製のグラスなども、カウンターの中へと移す。カウンターに腰をおろしたまま、美桜は背筋をわななと震わせて快感を貪っている。乱れた襦袢の裾から伸びる白い足袋に包まれたつま先がぎゅっと丸まっていた。

「ものすっごいっ、イキっぷりですね」

いままでは年上の美桜に翻弄《ほんろう》されっぱなしだった博光は、優越感が全身を支配するのを感じていた。

「だって……ああんっ……」

絶頂に達したばかりの肢体は敏感だ。博光が首筋にそっと触れるだけで、切なげに声を震わせる。

「美桜さんだけイッたら、ズルいですよ」

彼女の内腿をそっと撫で回すと、過敏になっている肢体がびゅくんと戦慄く。

「ぼくだって、美桜さんが欲しいんです」

それはいまの博光にとって嘘偽りのない言葉だった。それが真実なのか、肉欲に駆られて発せられたものなのかは、博光自身にもわからない。ただ、いまは心身ともに美桜を求めずにはいられなかった。

アルバイト時代の博光からは想像もつかない男の気概に溢れた言葉に、美桜は切なげに肢体をくねらせる。

それが「挿入《い》れて」というメッセージに思えた。博光は長襦袢を羽織ったままの美桜の肢体に挑みかかった。あえてブラジャーとショーツを着けたままというアンバランスさもたまらない。

無理やり引きおろされたブラジャーのカップからこぼれた乳房が、はしたない感情を代弁するみたいにふるふると揺れている。

「いやらしすぎて、見ているだけで暴発しそうですよ」

博光は乱れた呼吸を洩らしながら、横にずらしたショーツからのぞく花びらのあわいに狙いを定めた。口唇愛撫によって、花びらの合わせ目からはうるうるとした蜜が溢れ出している。

亀頭で円を描くように花びらをなぞりながら濃厚な潤みを塗りまぶすと、ゆっくりと腰に力を込めていく。蜜まみれの牝花が花弁をはためかせながら、ペニスを飲み込んでいく。

「あぁっ、またぁ……んんっ……」

美桜は感極まった声をあげた。至高の瞬間を迎えたばかりの身体は、過敏になっているようだ。硬く反り返った屹立を挿入しただけで、背筋をぎゅんと反り返らせる。

彼女が腰をおろしているのは広めとはいえカウンターなので、完全に仰向けになることはできない。後ろ手についた手のひらで、しなる身体を支えている。

無事に退院したとはいえ、博光もまだまだ本来の体調ではない。思いのままに激しく腰を前後に振り動かしたいところだが、いかんせんそれは無理なことだった。

すでに一度絶頂に達している美桜の蜜壺は蕩けきっている。まるで固まりかけのゼリーの中に肉棒を突き入れているみたいだ。ゆっくりと腰を前後させるたびに、肉質の柔らかい膣壁が女の情念を滲ませるように絡みついてくる。

「あーんっ、なんだか博光くんったら、すっかり大人の男って感じだわ……」

美桜がうっとりとした声を洩らす。セックスを覚えたばかりの頃は、オナニーとは比べ物にならない女壺の快感を貪ろうと、一心不乱に腰を前後させていた。

いまにして思えば、己の欲望を満たそうとするあまり、美桜が感じているのかどうかさえ確かめる余裕がなかった。

幸か不幸か、まだ打撲の痛みが完全には消えていない博光は、欲望のままに腰を激しく振り立てることはできない。

どちらかといえば、スローなテンポで腰を前後させる。それが美桜には大人の風格を漂わせる腰使いに感じられるようだ。

「はぁ、たまらない。じっくりとかき回されると、頭の先まで響くみたいっ……」

美桜は胸元を喘がせながら、博光の身体にしがみついてきた。首筋に吹きかかる吐息の熱さが、彼女の悦びを如実に表している。

「ねえ、もう一度キスして……」

年上の女はおねだり上手だ。せがまれるままに唇を重ねると、美桜の方から舌先をにゅるりと潜り込ませてくる。

少し痛みを覚えるくらいに、舌先をぐっと巻きつけて唾液をすすりあげる。まるで離さないと言っているみたいだ。

息継ぎさえも忘れるようなキス。酸欠気味になることによって、熟れきった蜜壺が咥え込んだペニスをきゅんっ、きゅんと甘やかに締めつけてくる。

「ダメですって。そんなにきつく締めつけたら……もっ、もちませんよ……」

たまらず、博光はワインレッドの唇から逃れると唸るような声を洩らした。美桜が名残惜しげにルージュが滲んだ唇を指先で拭う。

うっすらと水膜を張ったような瞳。その表情は若女将として振る舞っていたときとは、まるで別人のようだ。

「ああん、だって気持ちがよすぎるんだもの。若いときみたいに身体をぶつけ合うエッチも刺激的だけれど、今日の博光くんのエッチは大人の男って感じで、身体がどんどん熱くなっちゃうみたい……」

耳元に唇を寄せながら、美桜が囁く。

「美桜さんだって素敵ですよ。アルバイトをしていたときの仲間がこんな姿を見たら、嫉妬で地団駄を踏むに決まってますよ」

「もう、すっかり口が上手になっちゃって……。ねえ、もっともっと感じさせてよ。はぁ、後ろからされたくなっちゃうっ」

美桜は破廉恥なリクエストを口にした。剝き出しになった乳房が揺れるさまは魅力的だが、男としては獣じみた格好で繋がりたい、よがらせたいという欲望がある。

「今日の美桜さんは欲張りですね。だったら、カウンターから降りて、ぼくを挑発してくださいよ」

「もうっ、挑発だなんてぇ……」

美桜は愛らしい鼻先から乱れた息を洩らすと、カウンターからゆっくりと降りた。赤い長襦袢も白い肌襦袢も着けたままだ。カウンターに両手をつき、背筋をしならせながら、ヒップを突き出すとゆっくりと八の字を描くように振りたくる。

肢体の動きに合わせるように優美に揺れる長襦袢を見ていると、その中身を確かめたくなるのは男の性《さが》みたいなものだ。

博光は長襦袢と肌襦袢を右手で摑み、それをゆっくりとたくしあげた。まずは足袋に包まれた足元が現れ、ふくらはぎ、太腿の順番に露わになる。

最後に現れたのは、ヒップを包んだ薄紫色のショーツだった。

「あぁっ……」

桃のような曲線を描く熟れ尻に薄紫色のショーツが食い込んでいる。いわゆるTバックと言われるものだ。

秘唇を隠すクロッチ部分が従来のものよりも控えめに感じたのは、このためだったのだ。博光はショーツが食い込んだヒップを両手でじっくりと撫で回した。指先の動きに反応するように、美桜が悩ましい声をあげる。

「撫で回されてるだけじゃ、お預けを喰らっているみたいだわ。早く硬いのをちょうだい。思いっきり後ろから突きあげて欲しいのっ」

美桜が物欲しげな視線を投げかけてくる。蜜液まみれのショーツはすでに下着としての役割は果たしていないが、あえて脱がせない。

ショーツを横にずらすと、可愛らしい菊皺がひくついているのが見える。博光は大きく息を吸い込むと、牝蜜を滴らせる女淫目がけてペニスを突き入れた。

向かい合う形と立ちバックでは、微妙に当たる位置と角度が変る。それを感じているのは美桜も同じだ。

「ああん、なんだかすごくイケないことをしている気分だわっ」

「そうですよ。秘密のＶＩＰルームで女将がこんなことをしていることがバレたら、大変なことになりますよ」

「いやっ、そんなこと言わないでっ……」

女心を抉るような言葉に、美桜は完熟した尻を揺さぶった。ぎんぎんに勃起した肉杭を飲み込んだ蜜壺が切なげにきゅんっ、ぎゅんと収縮する。

「もっとよ、もっと奥まで突き立てて。壊れちゃうくらいに激しくされたい気分なの」

美桜は自らも不規則な円を描くように腰を振り乱す。深々と突き入れると、子宮口と亀頭がぶつかるのがわかる。博光は一番奥まで突き入れたまま、腰をゆっくりと回転させた。

「ひぁんっ、いいのぉっ、奥まで入っちゃってる。すっ、すごいっ、感じるの、また、あーんっ、イッ、イッちゃう。後ろから挿《い》れられて……イッちゃうーっ……！」

脳幹を揺さぶるような淫靡な喘ぎを迸らせると、美桜はカウンターに突っ伏し全身をがくがくと痙攣させた。

なんとか身体を支えているのは、背後から肉柱で貫かれているからに他ならない。蜜壺の中でさざめくエクスタシーの波が、博光自身を奥へ奥へと引きずり込もうとしているみたいだ。

「そっ、そんなに締めつけたら……」

博光もうわずった声を洩らした。ずっぽりと飲み込まれたペニスの先端がぶわっとふくらみ、発射のカウントダウンをはじめている。

「んんっ、ぼっ、ぼくも射精《で》ます。はあ、美桜さんの膣内《なか》に発射《だ》しますっ……！」

言うが早いか、子宮口に密着した亀頭の先端から白濁液が打ちあがった。

どくんっ、どびゅっびゅっ……。

「はあっ、膣内でオチ×チンがびくんびくんいってる。あーんっ、だめっ、またイッちゃうっ……！」

膣内に広がる精液の熱さに官能するように、カウンターに身を委ねながら美桜は全身をがくがくと震わせ続ける。

まだ勃起が収まりきらない肉棒を引き抜くと、美桜は膝から崩れるように畳敷きの床の上に倒れ込んだ。


八年ぶりの情事の余韻から覚めると、美桜は身なりを整えた。さすがにびしょ濡れのショーツは脱いだので、ノーパン状態だ。

渇ききった喉を潤すように、美桜が薄めに作った水割りを差し出す。

「また、会えますよね」

博光はすっかり舞いあがっていた。立場が変わったとはいえ、美桜が魅力的な女性であることは変わらない。

「そのことだけど、お店にお客さまとして来てくれるのは構わないのだけれど……」

美桜は言葉を濁した。

「えっ、ぼく、なにか気に障《さわ》ることをしましたか。美桜さんさえよければ、昔みたいにお付き合いできませんか？」

「そうじゃないの。実はね、この店を続けていくために厨房で働いている板前さんとの結婚が決まっているの。いくら老舗とはいえ、大切なのはお客さまに喜んでいただけるお料理を提供することなの。それを考えたら、腕がいい板前さんとの結婚は店のためにも必要なことなのよ」

美桜は言葉を選ぶように、内々に決まっている結婚話を打ち明けた。

「だっ、だったら、どうしてぼくを誘ったりしたんですか」

博光は拳をぎゅっと握り締めた。知らず知らずのうちに拳が小刻みに震える。

「言ったでしょう。料亭のひとり娘に生まれなければって思ったことは数えきれないって。あなたと付き合い続けていたらどうなっていたんだろうって、何回考えたかわからないわ」

「だっ、だったら……」

「確かに博光くんはいい人だし、八年ぶりに会うことができて、それを再確認することができたわ。だけど、お店のことを考えたら、博光くんと付き合うのは無理なのよ。今日会って、しみじみそれがわかったの。おかしいでしょう。八年も未練がましく思っていたのに。だけど、これで吹っきれる気がするわ。今夜のことは大切な思い出として、胸の奥にしまっておくわ」

そう言うと、美桜は目の前のグラスをぐっと呷った。積年の思いを振り払うような彼女の姿には、女将としての覚悟が感じられた。悲哀を滲ませる表情を見ると、それ以上なにも言うことはできなかった。

「わかりました……。ぼくにとっても今夜のことは忘れられない大切な思い出になります」

博光は水割りを飲み干すと、後ろ髪を引かれるような思いに駆られながらＶＩＰルームを後にした。

美桜先輩と再会できたのは、お守りの効果だと思っていたんだけどな……。

店を出た博光はバッグの奥に大切にしまっておいた布袋を取り出した。中に入っていた小さな玉を手のひらに載せると、その中のひとつが音もなく砕けて、砂粒のようになってしまった。

えっ、どうして……？

どこかにぶつけた記憶もない。なぜいきなりお守りが壊れてしまったのか理解できない。博光は手のひらの上の砂粒をじっと見つめた。これで、残っている玉は四つになった。

第三章　被虐に濡れる元人妻

美桜と再会できたと思ったのも束の間だった。限られた常連客しか入れないというVIPルームで彼女は真っ赤な長襦袢姿になり、あられもない声をあげ白い足袋に包まれたつま先をぎゅっと丸めた。

それなのに、店のことを考えると博光とは付き合うことはできないという。すでに店の板前との結婚が内々で決まっていると打ち明けられては、それ以上食いさがることはできなかった。

偶然に再会した元恋人である博光と関係を持ったのも、彼女の中でくすぶり続けていた未練を断ちきるためだったのだろう。

その証拠と言えるのだろうか。

美桜の店を出た途端、アドリアナから手渡されていたお守りの玉のひとつが崩れるように壊れてしまった。玉だったことさえもわからないような砂粒に変わってしまった玉の痕跡を見て、博光は呆然とするばかりだ。

アドリアナは、ぼくには五つの心残りや未練があるって言っていた。その玉がひとつ消えたってことは、ぼくの中にあった心残りのひとつが消えたってことなのかも知れない……。

博光はそんなふうに思った。看護師をしている琴美と再会し、関係を持ったときにはお守りの玉は壊れていない。

それならば、琴美との縁はまだ切れてはいないように思える。

些細な感情の行き違いから、彼女の部屋を飛び出してしまった和佳奈とはそれっきりになったままだ。疲れているから外でのデートはしたくないとゴネた博光のために、手料理を振る舞ってくれた彼女の気遣いには本当に感謝していた。

しかし、久しぶりのセックスということもあって、牡としての本能の赴くままに和佳奈のことを考えずに、自身の欲望を満たすことを優先してしまった。冷静になったいまならば、彼女が気分を害した理由も理解ができる。

自分が悪いとわかっているだけに、電話やメールでの連絡も取りづらい。和佳奈の方から連絡を寄越してくれればいいのだが、彼女も少し意固地になっているのかも知れない。

そんな時にアドリアナから手渡されたのが、件《くだん》の五つの玉だった。もしもそれが胸の底に抱いている未練や縁《えにし》に基づくものならば、喧嘩別れをしたままになっている和佳奈よりも相応しい相手がいるのかも知れない。

それが、かつての元カノのひとりだったとしてもだ。そんなふうに思うと、ますます和佳奈に連絡を入れるのが躊躇われた。

和佳奈と喧嘩別れをしてから、早くもひと月が経《た》とうとしていた。歩道橋から転げ落ちたアドリアナを庇ったことによって、救急車で担ぎ込まれるような怪我を負ったが、幸いなことに順調に回復し、いまではほとんど痛みを覚えることもなく日常生活を送ることもできるようになっていた。

退院した後もアドリアナが色々と手を回してくれているのだろう。博光を指名する新規の客がいて仕事は絶好調とも言える。

小さな布袋の中には、まだ四つの玉が残っている。ということは、博光にはまだ四つの心残りや未練があるということなのだろう。それは歴代の元カノたちを暗示しているかも知れない。

四つの心残りか……。

自分から積極的にアプローチができるタイプではない博光だが、二十八歳にもなれば、交際期間の長い短いはあれ、それなりに付き合った女性はいた。

まあ、考えたって仕方がないか。このお守りが本物ならば、未練がある相手に引き合わせてってくれるってことなのかもな……。

そんなふうに考えると、元カノたちとの思い出の場所をふと訪ねてみたくなった。今日は金曜日の夜だ。土日は休みなので、時間を気にせずに飲むこともできる。

ふと美桜と再会した晩に立ち寄ったバーで、バーテンダーに勧められてブルームーンというカクテルを飲んだことを思い出した。

ブルームーンはかつて交際していた、三留十志子が好んで飲んでいたカクテルだった。彼女と出会ったのは、ふらりと立ち寄った店構えは小さいが洒落たカウンターバーだった。

取引先との接待で多少飲みすぎていた博光に、声をかけてきたのが十志子だった。博光が社会人になりたての新米社員の頃だから、いまから六年ほど前のことだろうか。当時彼女は二十九歳だったから、いまは三十五歳になっているはずだ。

記憶をたどりながら路地裏にあったバーを探すと、昔と少しも変わらぬ佇まいでその店は存在していた。

店の看板を再度確認して、重い木製の扉を開ける。外観だけでなく、ジャズが流れるアンティーク調の内装も少しも変わっていなかった。

年季が入った一枚板のカウンターは、わざと元の樹の形や年輪などを活《い》かす形状になっている。椅子もあえて揃いのものを置かず、それぞれに趣きがあるものを並べている。金曜日の夜だが、午後八時過ぎと比較的早い時間とあってか客の姿もまばらだ。

「お久しぶりですね。おひとりですか？」

カウンターの中にいた、白い髭を蓄えた店主が出迎えてくれる。この店を訪れるのはずいぶんと久方ぶりのことだが、博光の顔を覚えていてくれたようだ。

久しぶりの来訪ということもあり、博光は入り口に近い席に腰をおろした。まずはビールを一杯注文する。白い泡とのコントラストが美しい黄金色のビールもいいが、今夜の気分は黒ビールだった。

夜風に冷えていた身体にビールが染み渡るみたいだ。控えめなＢＧＭとあまり口数が多くはない店主が醸し出す雰囲気が心地よい。騒ぐ客もおらず、いかにも大人の社交場という感じた。

グラスの中のビールが残り少なくなった頃だった。

「向こうの席のお客さまからです」

店主がすっと差し出したのはブルームーンだった。逆三角錐の形のグラスに注がれた薄紫色のカクテル。

えっ……？

店主がさり気なく手をかざした方に視線をやる。そこには小さく右手を振る女の姿があった。

ワインレッドの膝丈のニットワンピースに、同系色の長めのカーディガンを羽織ったカジュアルなファッションに身を包んでいる。肉感的な足元を包んでいるストッキングやヒールは黒系でまとめていた。

肩よりも長めに伸ばした、ピンク系のブラウンにカラーリングした髪の毛は毛先を大きくカールさせている。小柄だがバストやヒップがむっちりとした肢体は、最近ではあまり耳にしないトランジスターグラマーという表現がぴったりとくる。

意志が強そうな目元と赤みの強いルージュで彩られたぽってりとした唇には、確かに見覚えがあった。

新入社員だった博光には、七歳年上の十志子はいかにも大人の女という感じだった。はじめて出会ったのは、このバーのカウンター席だ。

飲んだ勢いもあって、彼女から誘われる形で関係を持ったが、至れり尽くせりという濃厚なセックスをしたのは生まれてはじめてだった。

二十代前半だった博光はすっかり舞いあがり、年上の十志子に夢中になった。しかし、不思議なこともあった。

博光からの電話やメールはいつもスルーされ、デートの約束も彼女の都合が最優先された。そして、その関係は突然終わってしまった。

「旦那にバレそうだから、いままでのことはなかったことにしてくれるかしら……」

短いメールで、博光はすべてを悟った。彼女は人妻で、博光は束の間の快楽を貪る相手にすぎなかったのだ。以来、十志子と出会ったこのバーに立ち寄ったことはなかった。

まっ、まさか、十志子さん……？

博光は目の前に置かれたブルームーンのグラスと、親しげに手を振る女の顔に交互に視線を振った。女は店主に耳打ちをするとすっと席を立ち、博光の目の前に置かれたものと同じグラスを手に右隣の席に移動してきた。

「こんばんは。お久しぶりじゃない。まさか、ココで会えるなんて思ってもいなかったわ」

十志子は悪びれる素振りもない眼差しを注いでくる。

「いや、ぼくも本当に久しぶりなんです。たまたま、この店に来たんですよ」

同意を求めるように店主に視線を送ると、長年接客業をしているだけあってさりげなく頷いてくれた。

「わあ、私も久しぶりにココに来たのに出会っちゃうなんて、これって運命みたいな感じかしら？」

十志子が嬉しそうに声を弾ませる。彼女が手にしているのも、ブルームーンというカクテルだ。

これはパルフェ・タムールという、ニオイスミレなどの花とアーモンドの香りが印象的な紫色のリキュールと、ウオッカをシェイクしたショートカクテルだ。パルフェ・タムールには、完璧な愛という意味があるらしい。

「相変わらずブルームーンがお好きなんですね」

「そうね、いまだに完璧な愛を探し求めているって感じかしら？」

十志子は意味深に笑ってみせた。博光は彼女の左手の薬指にちらりと視線を注いだ。

そこには結婚指輪はなかった。

それだけではない。日頃から指輪を嵌めていれば、日焼けや括《くび》れなど自然とその痕跡が残るものだが、すらりとした指にはその痕《あと》は感じられなかった。

今思えば十志子と付き合っていた頃、彼女は博光との逢瀬《おうせ》を楽しむときには結婚指輪を外していたのだろう。博光が注意して見ていれば、指輪の痕に気づいたかも知れないが、当時は十志子の身体とテクニックに夢中になっていて、そんなことには気づく余裕さえなかった。

「もしかして、この指が気になる？」

十志子は悪戯っぽく笑うと、左手を博光の前でかざしてみせた。声を潜めると、

「実はね、色々とあって主人とは離婚したのよ」

と打ち明けた。

「あっ、心配しないでね。別に博光くんとのことが離婚の原因ってわけじゃないから」

十志子はあっけらかんと言い放った。左の目元の泣きぼくろが印象的だ。

三十五歳だが、実年齢よりもはるかに若々しく見える。実年齢を聞かなければ、博光と同年代、あるいは年下だと言っても通るかも知れない。

六年前、まだまだ新入社員になりたての博光にとっては、七歳年上の十志子との情事はこの上ないほどに魅力的に思えた。

だから、いっぽう的に関係の終わりを告げられたときのショックは計り知れなかった。

別に将来を約束するような関係ではなかったが、少なからず恨みがましい感情を抱いたことも事実だったし、同年代の女性とは段違いの完熟しきった身体と熟練の淫技には執着もあった。

「本当に久しぶりね。でも、お店の扉を開けた瞬間、すぐに博光くんだってわかったのよ」

そう言うと、十志子は再会を祝うようにカクテルグラスをすっと持ちあげた。薄手のグラスは、縁を重ね音を鳴らすようにはできていない。つられるみたいに、博光もグラスをすっと掲げる。

六年ぶりに顔を合わせたはずなのに、会えなかった時間の長さを感じない。それだけ十志子が若々しさを保っているということだろう。胸元やヒップがむっちりとしているだけに、目元や頬も触れてみたくなるような張りを保っている。

「六年ぶりなのよね。博光くんったら、すっかり大人っぽくなっちゃって、どきどきしちゃうわぁ」

「十志子さんだって変わらないっていうか、前にも増して色っぽくなった気がします」

「あらあら、会っていない間にずいぶんとお世辞が上手くなったのかしら？」

「そりゃあ、仮にも営業職ですから」

博光はあえて当たり障りのない言葉を口にした。目の前で微笑む十志子は十分すぎるほど魅力的に見えるが、かつて負った痛手が博光を慎重にさせる。

「ねえ、完璧な愛なんてこの世にあると思う？」

十志子は意味ありげな言葉を囁くと、薄手のグラスを口元に運んだ。

「完璧な愛なんて、この世にあるのかはわかりませんけれど、ぼくは一時期はずいぶんと人間不信になりましたよ」

博光は言葉をぼかしながらも、恨みがましい言葉を口にした。

「ひょっとして、それってわたしのせい？　まあ、オトナって色々とあるじゃない？」

十志子は少しも悪びれるようすがない。艶やかな赤いルージュで彩られた唇の端をあげると、グラスを持つ手とは逆側の手を博光の太腿の上にそっと載せた。

この店はカウンター席だけなので、背後には客席はない。それが十志子を大胆にさせているようだ。

口元に運ぶカクテルの香りとは違う、ややパウダリーな匂いを彼女の首筋の辺りから感じる。これは十志子が愛用している、D社の砂丘をイメージしたという香水の香りだ。

甘く濃厚な香りは夜のシーンには似合うが、着ける女性を選ぶかなり特徴的なものだった。六年前と変わらない香りが、彼女との情事を脳裏に蘇らせる。

十志子の指先が博光の太腿をゆるゆると撫で回す。ズボンの生地越しに感じる繊細なタッチ。パールベージュのネイルを塗った爪の先でそっと触れられると、小柄ながらも肉感的な肢体や淫らな技の数々が浮かんでくる。

はじめは太腿の上に載せていた指先が、次第に肉質が柔らかい内腿へと回り込む。触れるか触れないかの絶妙な指使いがたまらない。膝に近い部分に触れていた指先が、次第に太腿の付け根を目指しゆっくりと近づいてくる。

スラックスのフロント部分にたどり着いた指先が、ファスナーの辺りをそっと撫でさする。

んんっ……。

声が洩れそうになるのをこらえるように、博光は目の前のグラスを口元へと運んだ。ベースがウオッカなので、けっして弱いカクテルではない。ごくりと飲み込むと、喉の奥がかあーっと熱くなるみたいだ。

熱を帯びるのは、喉や胃の辺りだけではなかった。しなやかな指先がファスナーの上を軽やかに上下するたびに、淫らな感情が下半身の一点目がけて流れ込んでいく。

スラックスの生地を押しあげるのを感じるのだろう。十志子の触りかたが露骨《ろこつ》になっていく。撫でさするだけではなく、硬さを確かめるみたいに、ときおり指先をぎゅっと食い込ませたりもする。

かつての博光ならばされるがままだったが、六年経ったいまでは違う。十志子が腰をおろしているのは、博光の利き腕である右隣りだった。これも彼女のしたたかな計算なのかも知れない。

博光は周囲のようすをさり気なくうかがうと、ニットのワンピースに包まれた彼女の太腿に右手を忍ばせた。男の指先を押し返す、もっちりとした肉質は昔と少しも変わらない。むしろ歳月を経て、女性的な柔らかさや弾力が増した気がした。

ワンピース越しに太腿をさわさわと撫で回すと、十志子は太腿を左右にゆっくりと広げた。まるで内腿の奥の秘められた部分を、直接触って欲しいとおねだりをしてるみたいだ。

照明を落としているとはいえ、ここはバーのカウンター席だ。ワンピースの中に指先を潜り込ませるのは躊躇われた。しかし、十志子は男の指先を誘い込むように、さらに大きく太腿を左右に割り開く。

ここまでされてなにもできずにいたら、六年前と変わらない童貞に毛が生えた程度の坊やみたいだと馬鹿にされてしまいそうだ。

博光は意を決したようにブルームーンをくっと飲み干すと、ラスティ・ネイルというカクテルをオーダーした。これは「錆びた釘」を意味するカクテルだ。

ウイスキーをベースに、秘伝のスパイスを加えたドランブィというリキュールを合わせたもので甘くて飲みやすいが、アルコール度数はロック並みに強い。

ビジュアル系のバンドの初期のヒット曲に、このカクテルと同名のものがあると聞いたことがある。アルコールの勢いを借りるつもりで頼んだカクテルだ。

博光がワンピースの中に指先を潜り込ませると、十志子はかすかに色っぽい吐息を吐き洩らし、さらに大きく両足を広げた。

指先に感じるストッキングのつるつるとした感触を味わいながら、太腿の付け根の方へと指先を少しずつ近づけていく。十志子もブランデーにグリーンペパーミントリキュールを合わせた、デビルという強めのカクテルをお代わりした。小悪魔的な魅力を持つ十志子に似合う、深い緑色のカクテルだ。

デビルを口に運んだ瞬間を見計らうように、博光はストッキングの上からショーツのクロッチ部分をそっとなぞりあげた。

グラスの縁に触れていた十志子の唇が小さく震える。なに食わぬ顔を装っているが、真隣りにいる博光には彼女の動揺が手に取るようにわかった。

ストッキングの上から軽く触れただけだというのに、ショーツの二枚重ねの部分からうるっとした蜜が溢れ出してくる。

それはたちまちのうちに、ショーツを覆うストッキング越しに指先を濡らした。まるですぐにでも欲しいと訴えているみたいだ。

「ねえ、明日は休みなんでしょう。だったら、わたしの部屋で飲み直さない。この店から三分くらいの場所なんだけど……」

十志子が湿っぽい声で誘いをかけてくる。かつてはセックスを楽しむのは、妖しいネオンが瞬くラブホテルだった。人妻だったのだから、当然自宅に呼べるはずもなかった。

離婚をしたというのであれば、彼女と関係を持つのになんの障害もない。指先に感じるぬめりが、どんどん濃度を増していく。

「ねえ、少しくらいならいいでしょう？」

ダメ押しをするみたいに十志子が囁く。内なる情熱に体温が上昇しているのだろうか。彼女から漂う香水の香りも強くなっていくみたいだ。

かつてはいっぽう的な形でフラれてしまったとはいえ、相手は完熟した女の色香を振り撒く三十代半ばの元人妻だ。ましてや、濡れそぼっているショーツまで触ってしまっては、その誘惑を振りきることなどできやしない。

会計を済ませると、ふたりは揃ってバーを出た。十志子が言ったとおり、彼女が暮らしているというマンションはバーから歩いて三分ほどの場所にあった。

一瞬、美人局にでも遭《あ》うのではないかと思わないこともなかったが、博光はまだ二十代のサラリーマンだ。美人局を狙うのであれば、もっと金を持っていそうな相手や脅すネタがありそうな既婚者などを狙うに決まっている。

そう考えると、胆《きも》が据わる気がした。それだけではない。アドリアナが手渡したお守りも博光の背中を押していた。どんな形であれ心残りや未練に決着がつくのであれば、また一歩先へ進むことができそうだ。

強いカクテルを立て続けに飲んだせいか、五センチヒールのパンプスを履いている十志子は足元が危うくなっていた。バッグから取り出した鍵で部屋のドアを開ける。室内の灯りはついたままだった。

「誰もいない部屋って寂しいでしょう。さっ、あがって」

言われるままに室内に足を踏み入れる。部屋の広さは２ＤＫというところだろうか。玄関からすぐにキッチンになっていて、その奥がリビングと寝室にわかれている。

リビングは六畳ほどで、テレビなどのオーディオ類が壁際に置かれている。部屋の中央に敷かれたカーペットの上にはローテーブルが置かれていた。博光は勧められるままに、クッションに腰をおろすとネクタイを緩めた。襟元が楽になるだけで、リラックスできる気がする。

同じクッションがもうひとつ置かれていたが、特に気にはならなかった。来客があれば、クッションくらいは勧めるものだろう。

「へえ、本当にひとりで住んでいるんだ」

「まあね、離婚と同時に以前に住んでいたマンションは引き払ったのよ。せっかくだから、とっておきのブランデーでも出しちゃおうかしら?」

博光からコートを受け取ると、十志子も上着を脱ぎハンガーにかけた。彼女がキッチンで飲み物を用意している間に、改めて室内を見回す。異性の存在を感じるものは、カーテンに引っかけたハンガーにかけられた男物のワイシャツくらいだ。

キッチンからブランデーを運んできた彼女は、並んで座れるようにクッションを博光の隣に置き腰をおろした。カーディガンを脱ぎ、しなだれかかってくる。

「あのさ、カーテンのところのハンガーにかかっているのって、男物のワイシャツじゃないのかな?」

「いやだわ、ヘンに目ざといのね。男物の大きめのワイシャツを、部屋着やパジャマ代わりにするのってセクシーに見えるのよ。知らないの」

博光の問いに十志子は大袈裟なくらいに笑ってみせた。確かに、部屋の中にはワイシャツ以外には、男の存在を匂わせるものはなかった。

それが博光の猜疑心《さいぎしん》をかき立てる。男女を問わず相手に執着していればいるほど、相手の心身をひとり占めせずにはいられない。

「あのワイシャツはわたしの部屋着だけれど、たまにこの部屋にくる彼氏くらいはいるわね」

カーテンにかかった男物のワイシャツを見やりながら、十志子はさらりと言ってのけた。

「十志子さんってさ、離婚したって言ったよね」

「ええっ、離婚はしたわ。五年くらい前かしら」

「それって、ぼくのことが原因じゃ……」

「違うって。そんなことだけじゃ離婚の理由にはならないわよ」

ワインカラーの唇の両端をあげてミステリアスな笑みを浮かべると、十志子はふっくらとした唇を重ねてきた。

ブランデーがほのかに香るキスが大人の女を感じさせる。アルコールのせいで、口の中全体が火照っているみたいだ。粒だった舌同士を密着させ、丹念に巻きつかせる。呼吸が乱れるような激しいキス。十志子が名残り惜しげに唇を離すと、透明な唾液がたらりと糸を引く。

「だって、仕方がないじゃない。主人に……色々とバレちゃったのよ」

十志子は開き直るような言葉を口にした。

「えっ、旦那さんに……？」

突然の告白に、博光の瞳も口元も開きっぱなしだ。

「実はね、新婚当時から主人には浮気されっぱなしだったの。わたしだって、それに気づかないほどオボコじゃないわ。だからね、同じことをしたのよ。浮気されたら、どんな気持ちになるか身をもってわからせようと思って」

十志子は自嘲気味に笑ってみせた。

「だけど、そんなこと……」

尋ねずにはいられない疑問を、博光は口にした。

「はじめて浮気をしたときは、本当にどきどきしたわ。主人と付き合いはじめてからは、主人以外の男性と関係を持ったことなんてなかったから。なんていうのかしら、人妻ってモテるのよね。相手もこちらの気持ちを惹《ひ》きたいから、前戯から最後まで真剣に頑張ってくれるのよ。主人とのセックスでは、あんなに感じたことはなかったし。それで、すっかり浮気にハマっちゃったのよ。そうなると、もう主人の浮気とかはどうでもよくなっちゃったんだけど、逆に今度は主人から浮気を疑われちゃったってわけ」

「そっ、それじゃあ」

「最初はシラを切ろうとしたんだけれど、興信所までつけられたの。最後は主人がキレて離婚することになったの。主人も勝手よね。自分は散々浮気をしまくってたくせに」

「聞いていると、ずいぶんと泥沼みたいな気がするんだけど」

「そうね、最後はちょっとした修羅場だったわね。でも、最初に浮気をしたのは主人だったから、痛みわけって感じで離婚届を書いたのよ」

十志子は少し遠い目をしてみせた。

「もう、つまんない話はやめましょう。湿っぽくなるのは好きじゃないの。人生は一度っきりなんだから、思いっきり楽しまないと損だと思わない」

十志子は目元を緩めて笑ってみせた。泣きぼくろが彼女をより艶っぽく見せている。

「ふふっ、六年ぶりの再会だもの。博光くんも少しは成長したのかしら？」

十志子はニットの胸元を押しあげるふくらみを強調するように、両手で乳房を持ちあげてみせた。小柄な肢体には、似つかわしくないほどの迫力に満ちた乳房が重たそうに揺れる。

「いいわあ、そういうエッチな視線を浴びると、すっごく興奮しちゃうわ」

十志子はクッションから尻をあげると、ワインレッドのニットのワンピースの裾を指先で摑んだ。まるでストリップでもするみたいに少したくしあげては、わざと手の動きをとめて、情熱的な眼差しで見つめてくる。

年上の女は相変わらず、年下の男を欲情させるのが上手だ。

はっ、はあっ……。

まるで餌を前にお預けを喰らっている犬のように、博光は前のめり気味になって呼吸を荒くした。十志子の挑発的な視線に、スラックスの中身が素早く反応する。

次第に十志子の太腿が露わになっていく。透け感があるストッキングが、肉感的な太腿をいっそう魅惑的に見せている。

いよいよストッキングに包まれた下腹部が現れた。ストッキングから透けて見えたのは赤いショーツだった。色味を合わせているところが心憎い。

三十代半ばらしく適度に脂《あぶら》が乗った鳩尾《みぞおち》の辺りまでワンピースをたくしあげると、十志子は、

「ねえ、もっと見たい？」

と、わざと決まりきった言葉を投げかけてくる。自分の肢体に年下の男が興奮しているさまを見ることによって、女としての自分の価値を再確認しているみたいだ。

赤いブラジャーのカップの谷間を見せつけられると、思わず飛びかかりたくなる。でも、それでは我慢ができない坊やだと馬鹿にされてしまいそうだ。

「十志子さんって相変わらず、いいおっぱいをしていますよね」

博光は素っ気なく呟くと、テーブルの上のブランデーを口に運んだ。

「もうっ、余裕があるフリをしたってオチ×チンを硬くしているくせに」

わざと卑猥な単語を口にすると、十志子はワンピースをいっきに鎖骨の辺りまでめくりあげ、首元から引き抜いた。

彼女の肢体を包んでいるのは、目にも鮮やかな赤いブラジャーとショーツ、黒いストッキングだけになる。赤い下着を着けていることで、ボリューム感が増して見える。

ブラジャーのカップに収まりきらないこんもりとしたふくらみには、うっすらと血管が浮かびあがっている。

十志子はブラジャーの左カップを指先で押しさげると、Ｆカップはありそうな乳房を両手で下から支え持ち口元へと近づけた。

赤いルージュを引いた唇から粒だった舌先を伸ばし、にゅんと尖り立った乳首をちろりと舐めてみせる。これはよほど乳房が大きくないとできないポーズだ。

「十志子さん、その格好はヤバいですよ。色っぽ過ぎますっ」

「ほらね、美味しそうでしょう？」

十志子は得意げに笑うと、乳首に舌先をまとわりつかせた。グラマラスな肢体は六年の歳月を経《へ》ても少しも変わらない。むしろ円熟した感じだ。

不意に十志子が口にした、

「たまにはココにくる彼氏くらいはいるわね」

という言葉が蘇ってくる。

男というのはおかしなものだ。自分だけのものではないと思うと、ますます牡の欲望が湧きあがってくる。

「自分で脱ぐ。それとも脱がせてもらいたい？」

十志子は左の乳房を剝き出しにしたまま、クッションに腰をおろした博光に近づいてくる。前傾姿勢になっているので、余計に乳房の重量感が強調されるみたいだ。

十志子の指先が、博光のネクタイをしゅるりとほどいた。ネイルを施した指先で、ワイシャツのボタンをひとつずつ外していく。その表情は本当に楽しそうだ。

ボタンを外したワイシャツの裾をスラックスから引き抜くと、忙《せわ》しなくインナーシャツも奪い取り、ベルトのバックルに指先をかける。

「いいよ、自分でできるよ」

博光がベルトを外す間に、十志子はスラックスを留めているファスナーを摑んだ。すでにファスナーの引きおろしが厄介なほどにペニスが逞《たくま》しさを滾《たぎ》らせている。

「やっぱり、いいわね。若いって素晴らしいわ」

十志子はうっとりとした声を洩らした。博光が中腰になると、十志子はきちきちに張りつめているファスナーを押さえながら、ゆっくりと引きおろした。博光も腰を軽く揺さぶって脱ぎおろしに力を貸す。

「あーんっ、もうこんなにスケベなお汁を出してるのね」

トランクスの前合わせを指先でそっと撫でると、中から粘ついた先走りの液体が滲み出してくる。

「すっごくいやらしいわ。見ているだけで、わたしまでぬるぬるになっちゃいそうっ」

うわずった声で囁くと、十志子はトランクスの前合わせから威きり勃ったペニスを引きずりだした。

「久しぶりなんだから、たっぷりと楽しませてくれるんでしょう？」

耳の穴の奥にじわりと響くような甘ったるい声。十志子は前のめりになると剝き出しになった乳房の頂きを、牡汁を噴きこぼす亀頭にこすり付けてくる。

まるで乳首と亀頭がキスをしているみたいだ。こりこりとしこり立った乳首で弄ばれると、指先や舌先とは違う悦びが下腹部から湧きあがってくる。

「いいわ、ぬるぬるのオチ×チンで刺激されると、乳首が余計に硬くなっちゃうっ。すっごく感じちゃうのっ」

十志子はゆさゆさと揺れる胸元を喘がせた。六年の間に、さらに積極的になったように思える。その裏には男の影がちらちらと見え隠れする気がした。顔さえ知らぬ恋敵に対抗する意識が頭をもたげてくる。

「十志子さんって相変わらずドスケベなんですね」

わざと意地の悪い言葉を吐くと、十志子は、

「はあっ、ドスケベだなんて言われると、どんどん身体が熱くなってきちゃう。ああっ、もっと言って。わたしってセックスが好きで好きでたまらない、ドスケベな女な

のよ」

と背筋を震わせた。セックスが好きだろうということは感じてはいたが、六年前はこんなにもあからさまなセリフは口にしたことはなかった。

その背景にはなにかがあったのかも知れない。そう思うと、嫉妬めいた感情が込みあげてくる。

博光は十志子の背中に両手を回し、ブラジャーの後ろホックを外しにかかった。カップが控えめなブラジャーは二段ホックが多いが、乳房が大きい場合は三段ホックになっていることが多い。もちろん、十志子のブラジャーも三段ホック仕様だ。

ぶちっ、ぶちっ、ぶちっ……。後ろホックがすべて外れると、左の乳房だけではなく、右の乳首も剝き出しになった。双乳が並んで揺れるさまは、まさに圧巻だ。

「はあっ、おっぱいが丸出しになっちゃったっ……」

十志子は鼻にかかった甘え声を洩らした。

「巨乳だけあって、乳輪も乳首も立派ですね。いったいどれだけの男が、この見事な乳首に吸いついたんですか」

「あーんっ、そんなこと……」

わざと下卑《げび》た言い方をすると、十志子は熟れきった肢体をくねらせた。上半身は剝き出しなのに、下半身は黒いストッキングとショーツに包まれている。そのアンバランスさが、卑猥さを増強しているみたいだ。

「そんなこと……恥ずかしくて……いっ、言えないわ……」

「言えないんじゃなくて、覚えていないくらい沢山の男にしゃぶらせたんじゃないんですか？」

「いやぁん、そんな言い方……」

否定するように女体を揺さぶるが、媚《こ》びるようなその声からは嫌悪感は感じられなかった。むしろ意地の悪い言い方をされることによって興奮しているように思える。

「言えないんだったら、身体に聞いてみますか？」

言うなり、博光は乱れた呼吸に合わせてたぷたぷと揺れる乳房にむしゃぶりついた。舌先でそっと舐め回すのではなく、わざと乳輪に前歯をきゅっと食い込ませ、乳首を乱暴に吸いあげる。

「ああーっ、だめっ、そんなに激しくされたら……」

「されたら？」

「かっ、感じちゃうっ、感じちゃうのぉ……」

十志子は大きなカールを描く髪の毛を振り乱した。黒いストッキングに包まれたむっちりとした両足をすり合わせる仕草が、熟女らしいいやらしさを醸し出している。

「本当にいやらしいんですね。ぼくが知っている十志子さんはセックスは好きでしたけど、ここまで淫乱じゃなかった気がしますよ」

「はあっ、いっ、淫乱だなんてえっ……」

淫乱という言葉に、十志子は感電でもしたように身体をびゅくんと震わせた。

「浮気がバレたときに、怒り狂った主人にものすごく乱暴なセックスをされたの。それ以来、荒々しい感じでされると感じるようになっちゃって……」

十志子は胸の奥底に隠していた秘密を口にした。彼女が身体をくねらせるたびに、熟れきった果実を思わせる香りが漂ってくる。

六畳ほどのリビングの中は、完熟した牝《めす》が放つ発情した匂いが充満している。その匂いが博光をさらに欲情させる。

博光はストッキングのゴムの部分に手をかけた。本来ならば伝線などしないように気を遣いながら引きずりおろしていくが、今夜の十志子は少々荒っぽい感じを望んでいるようだ。

それならば、遠慮は要らない。透け感があるということは細い糸で編まれているということだ。みかんを包んでいるネットでも剥ぐみたいに、わざと無造作に引きずりおろしていく。

「ああんっ、今夜の博光くんってすっごい。感じすぎて、どうにかなっちゃいそうっ」

とうとう十志子は赤いショーツ一枚という姿になった。スレンダーな肢体も魅力的だが、全体的にうっすらと脂肪がついたグラマラスな女体は、牡の本能的な部分を直撃する。剝ぎ取ったストッキングには肉感的な下半身の形が残っていた。

「ねえ、お願いがあるの」

十志子は床の上に放置されたストッキングに視線を注いだ。

「はあっ、そのストッキングで……縛って欲しいの」

今夜の十志子は博光の想定をはるかに超えていた。

「縛ってくれって言われたって。ぼくはそんなことはしたことがないし……」

「大丈夫よ、ストッキングで手首を軽く縛ってくれるだけでいいの。動けないとか、逃げられないとかって思うと、信じられないくらいに感じちゃうのよ」

重たそうな豊乳を左右に揺さぶりながら、十志子は聞いているだけでペニスが上下に跳ねるような、はしたないおねだりを口にした。

これが赤い綿ロープや麻縄などを手渡されての懇願《こんがん》ならば、さすがに困惑してしまうところだが、伸縮性のあるストッキングで縛るだけならば、その手の経験がない博光にもなんとかなりそうだ。

博光が床の上に放り投げてあったストッキングを手に取ると、十志子はしおらしい顔つきで両の手首を前に差し出した。まるで手錠をかけられる咎人《とがびと》みたいだ。

手首に軽くふた巻きしてから、左右の手首の間を通すようにして結び留める。きつく結わえているわけではないが、十志子はほどけないのを確認するかのように熱っぽい視線を注ぎながら両手をもぞもぞと動かし、はっ、はあっと短い吐息を吐き洩らした。

「これで逃げられなくなりましたね」

博光はやや目元に力を入れると、十志子をじっと見据えた。彼女は鋭さを帯びた視線にびくんと身体を震わせる。

怯《おび》えるような表情。それなのに、赤いショーツしか着けていない十志子の太腿の付け根の辺りから漂う淫靡な香りは強くなるいっぽうだ。

「自分から縛って欲しいなんて、呆れるくらいにド淫乱なんですね」

わざと蔑《さげす》むような言葉を彼女に向けて放つ。

「あっ、淫乱なんて……」

彼女はうな垂れながら、肢体をなよやかに揺さぶる。

「淫乱なんて言っていませんよ。ド淫乱って言ったんです」

博光はいままで付き合った元カノたちには、絶対に言ったことがないセリフを吐いた。相手が望むならば、そうしてやるのも愛し方のひとつのように思える。芝居がかった言葉も本気で身悶える三十代半ばの元人妻が相手だと思うと、少しずつではあるが気持ちがこもるのを覚えた。

博光は両手の自由が利かない十志子の身体を仰向けに押し倒した。彼女の身体の上に膝立ちで跨《またが》ると、仰向けになったことでやや左右に流れた両の熟れ乳を鷲摑みにする。

普段ならば愛撫はソフトタッチを心がけているが、十志子は荒々しい愛し方が好みのようだ。指先の痕が残るくらいに、力をこめてわしわしと揉みしだく。

「ああんっ、いいっ……。もっとよ、もっと激しくして……乳首をぎゅっとつねったり、意地悪をして欲しいの」

十志子は破廉恥なおねだりを口走る。完熟した女の欲深さには舌を巻くばかりだ。

博光は両手の指先で硬く尖り立った乳首に爪を立てると、それをぎゅっとひねりあげた。

「いいわっ、もっとよ。かっ、噛んで、おっぱい噛んでっ……」

淫らな言葉を吐きながら、十志子は手首の自由が奪われているのを確かめるように両手首をすり合わせた。

「十志子さんがここまでド淫乱だとは、夢にも思っていませんでしたよ」

博光は嫌味っぽいセリフを口にした。

「だっ、だって感じちゃうの。意地悪をされると、オマ×コがぐちゅぐちゅになっちゃうのぉっ……」

淫猥な単語を口にすることによって、十志子の身体はさらに敏感になっていくようだ。

「オマ×コの辺りから、いかにも牝って感じのスケベな匂いがしてますね」

ショーツの底から漂う酸味の強い蜜の匂いに、博光は鼻を鳴らした。

「はあっ、はっ、恥ずかしいっ……」

両手の自由が利かない十志子は、赤いショーツに包まれたヒップを揺さぶった。博光はショーツの上縁《うわべり》に指先をかけると、彼女の反応を楽しむようにわざとゆっくりと引きずりおろした。

ショーツのクロッチ部分は、まるでお漏《も》らしをしたみたいに濃厚な潤みを帯びている。博光はショーツを広げると、愛液まみれの二重底の部分を十志子の前で広げてみせた。

「両手を縛られているっていうのに、ずいぶんとオマ×コ汁を垂らすんですね」

「はっ、恥ずかしいのに……そんなことを言われたら……」

「言われたら？」

「余計に感じちゃうの。はあっ、ほっ、欲しくなっちゃうっ……」

「欲しくなるって、なにが欲しくなるんですか？」

「わかってるクセにぃ。オッ、オチ×チンが欲しくなっちゃうのぉっ……」

意地の悪い質問に、十志子は半泣きの声を洩らした。ショーツを失った下腹部にはこんもりとした草むらが生い茂っていた。黒々と密生する縮れた毛が、彼女の淫欲の強さを表しているみたいだ。

「そんなにオチ×チンが大好きなんですか？」

十志子の上に膝立ちになっていた博光は、ゆっくりと彼女の頭部へと移動した。シャワーも浴びていない屹立を彼女の口元へ突き出すと、ピンク色の舌先が躊躇することなく伸びてくる。

ちゅっ、ちゅるっ、ちろりっ……

苺のように粒だった舌先が、亀頭を嬉しそうに舐め回す。それだけではない。ぷりっと割れた鈴口から溢れた先走りの粘液を、じゅるりと音を立てながらすすりあげる。

「あんっ、美味しいっ。すっごくエッチな味がする。ああんっ、たまんないわっ」

十志子は大きく唇を開くと、隆々と反り返ったペニスをぱっくりと咥え込んだ。口内粘膜全体を肉柱にまとわりつかせるように、頬をすぼめた顔が劣情をそそる。

十分すぎるほどに男らしさを滾らせた怒張が、彼女の舌使いに反応するみたいにびくびくと上下する。

執念深さを滲ませるフェラチオに、完全勃起状態のペニスが限界へと近づいていく。このままでは、十志子の口の中で暴発してしまいそうだ。十代や二十代前半の頃ならば、我慢が利かなくても仕方がないが、二十代後半の男としては情けない。

「そんなに欲しいならば、そろそろ挿《い》れてあげましょうか」

ひと息つくために、博光は深々と飲み込まれていた屹立をずるりと引き抜いた。唾液によって肉柱全体がぬめ光っている。

博光は立ちあがると、十志子の下半身へと移動した。鼻腔《びくう》を魅了するようなフェロモンの匂いを少しでも抑えようとするみたいに、むっちりとした左右の太腿を閉じ合わせている。

博光は彼女の両の足首をぐっと摑むと、Ｖ字形になるように高々と抱えあげた。太腿の付け根の部分があからさまになる。

グラマラスな肢体に相応しく、大淫唇もぽってりとして肉厚な感じだ。そこから悪戯っ子があかんべーをするみたいに、二枚の花びらがはみ出している。

「すごいですね。よっぽど使い込んだんですか？」

卑猥な言葉を囁きながら、博光は熟女らしくややくすんだ色合いの花びら目がけて、息を吹きかけた。熱気を帯びた息遣いを感じた花弁が小さく震える。

花びらのあわいから溢れ出した甘蜜は、太腿や尻の割れ目を伝わり、床にまで滴り落ち小さな水たまりを形づくっている。もともと感じやすいタイプだったが、六年の間にさらに感度がよくなっているようだ。

博光は指先で淫唇をそっとなぞりあげた。クリトリスに触れた途端、十志子は床の上で身体を大きくしならせる。花びらの隙間から溢れた愛液で、あっという間に指先がとろみの強い蜜まみれになった。

人差し指の先をゆっくりと潜り込ませて、膣壁をずりずりとこすりあげる。蜜で溢れ返った膣内《なか》は肉質が柔らかい。いわゆるトロマンと呼ばれるタイプだ。

「いいっ、たまんないっ。でっ、でも……」

十志子が切なげに尻をくねらせる。

「あーんっ、もっと大きくて硬いのがいいの。あんまり焦らさないでぇっ……」

堪えきれなくなったように、十志子がふしだらな言葉を口にする。

「つたく、仕方がないなあ」

挿《い》れたくてたまらないのは博光も同じだが、あえてもったいぶった言い方をする。男として成長ぶりを見せたいところだ。

「おっ、お願いっ、早くぅっ……」

切羽詰まった声で十志子がねだる。欲しくて欲しくてたまらないというのが伝わってくる。

博光は太腿の裏側を支え持つと、赤ん坊がおむつを替えるときのような恥ずかしいポーズを取らせた。劣情を漲《みなぎ》らせたペニスの先端で花びらの上をゆっくりとなぞると、逸る思いを訴えるようにひらひらと絡みついてくる。

ゆっくりと腰を軽く前に出すだけで、牝汁まみれの秘壺が男根を飲み込んでいく。指先で感じたとおり、膣内《なか》はとろりと柔らかく肉幹にしなやかに絡みついてくる。

出会ったときには十志子はすでに二十代後半だったが、六年の間にさらに女として熟し、まさに女盛りという感じだ。

蜜壺の感触を楽しむように、緩やかに腰を前後させる。雁首を使い膣壁をぐりぐりとこすりあげると、彼女の声が甲高さを増していく。

「ああんっ、いいっ、もっとして、もっともっと激しくされたいの。おっぱい、ぎゅって摑んでえっ。乳首もつねってえっ……」

十志子の淫らなリクエストはエスカレートするいっぽうだ。しかし、ここで退いては男が廃るというものだ。

小柄な十志子の身体が宙に浮かぶような勢いで、抜き差しを繰り返す。ペニスが抜け落ちる寸前まで腰を引き、再び最奥目指して亀頭を突き立てる。

「ああっ、いいっ、若いってたまらないっ。硬くておっきくて……」

十志子の唇から、まるで他の誰かと比べるような言葉が飛び出す。対抗意識に腰の辺りに力が漲《みなぎ》るみたいだ。

「あーんっ、ねえ、今度は後ろからして。思いっきり後ろから突かれたいの」

熟女の性欲にはキリがないらしい。

「本当に十志子さんはスキモノですね」

呆れたように呟くと、博光は突き入れたまま右足をぎゅっと摑み、十志子の身体を無理やり反転させた。これで後背位の体勢になる。

「ああんんっ、さっきとは別のところに当たってるぅっ……」

十志子は歓喜の声を迸らせた。博光の腰使いに合わせるように、膣壁が執拗に絡みついてくる。

「ねえ、ぶって、浮気ばっかりする淫乱女だって、思いっきりお尻をぶってえっ」

背後から貫かれたまま、十志子は尻をくねらせた。毒を食らわば皿までだ。ここまできたら、精魂尽きるまで彼女の欲望に付き合うしかない。

パシッ、パシィッ……。

右手に力を込めると、博光は十志子の熟れ尻に平手を見舞った。とはいえ、女に手をあげたことなどない。加減がまったくわからない。

「あーんっ、もっとよ。お仕置きをするみたいに、強くぶってぇーっ……」

十志子は物足りないとばかりに、突き出した丸い尻を揺さぶった。博光は深呼吸をすると、先ほどとは比べ物にならないくらいに勢いをつけて尻を打ち据えた。

ビシィッ、ビシッ、ビシィッ……。

室内に乾いた音が響き、十志子の唇から悩ましい声があがる。尻を打たれたことで、膣内《なか》に電気が走るような衝撃が走った。

ぎゅっ、ぎゅうっ……。

膣壁全体が収縮するみたいに、ペニスをぎゅっと締めつける。まるで押し潰されそうなくらいの圧力を感じる。

「くあっ……」

博光の口からもくぐもった声が洩れる。完熟した年上の女に坊や扱いされないように振る舞ってはいるが、ものには限度というものがある。

内部の肉質は極めて柔らかいのに、むぎゅむぎゅと不規則に締めあげてくる。下腹部をぶつけ合うたびに、ぱんぱんという軽快な音を奏でる玉袋がきゅんとせりあがるみたいだ。

「ああんっ、もっともっとぶってぇーっ、思いっきり、ぶってよぉーっ……」

十志子は喉元をのけ反らせて、さらなる被虐《ひぎやく》を懇願した。彼女の中にM性があるとはまったく気づいていなかった。

もっとも、浮気がバレたことで元夫から嬲《なぶ》られるようなセックスをされ、それがクセになってしまったというのだから、博光が知る由《よし》もないことだ。

こうなったら……。

博光は腹を括った。このままでは我慢ができなくなりそうだ。ならば、彼女が望む通り、マゾッ気を満足させるまで平手打ちするしかない。

彼女が満足するのが先か、博光が暴発するのが先か。これはある種の賭けみたいなものだ。

右手で平手打ちをしていた博光だったが、今度は左右の手でまるでパーカッションでも奏でるように激しく尻を打った。肉づきのいい尻が心地よい音色を響かせる。同時に、蜜壺の収縮がきつくなった。臀部にぎゅっと力を入れて射精を堪えながら、激しく尻を叩く。

「ああん、いいっ、はあっ、ぶたれながらイッちゃうっ、ああん、ぶたれてイッちゃう、変態のド淫乱女なのぉっ……」

十志子は下半身を激しく振りたくった。

「イケよっ、ド淫乱の変態女っ」

博光は渾身《こんしん》の力で彼女に肉槍を突き入れる。平手を喰らっているぷりんとした尻は、桜色を超え赤く染まっていた。

「ああっ、イクわっ。ぶたれながらイクッ、イッちゃうのぉ。イクぅーっ……！」

十志子は床の上に突っ伏すと、びゅくびゅくと肢体を痙攣させた。ペニスを取り巻く膣壁全体が不規則に蠢いている。

その瞬間、博光は勝ち誇ったような気分を味わった。男としての優越感とともに、白い白濁液が尿道を駆けあがってくる。

びゅっ、びゅっ、どびゅ……。

堰《せき》を切ったように、噴出した欲望の液体は止まらない。まるで一滴でも残すのは許さないとばかりに、十志子のヴァギナが変則的なリズムを刻みながら根元から搾りあげる。

最後の一滴まで撃ち込むと、博光は力尽きたように後ろ向きに倒れ込んだ。


汗ばんだ身体が重く感じられる。仰向けになった博光の唇に、十志子が冷えた水を口移しで注ぎ込む。この辺りに年上の女らしい心遣いを感じる。

熟女との濃厚なセックスを味わうと、さらなる快感を得られるのではないかと思ってしまう。女も欲張りだが、男だって欲張りだし本能に忠実だ。

彼氏がいることは聞いているので、どんなふうに切り出せばいいかと考えてしまう。

「実はね、迷っていたんだけど再婚が決まったの」

「えっ、だったら、ぼくとどうして……」

関係を持ったのかという言葉を、博光は無理やりに飲み込んだ。

「博光くんのことは気にかかってはいたけれど、わたしみたいに気まぐれで我《わ》が儘《まま》な女は、年上の男性《ひと》の方が甘えられるでしょう。いまはいいかも知れないけれど、わたしがあなたよりも七歳も年上なのは、永遠に変わらないんだから」

博光の疑問を振り払うように、十志子は晴れやかに笑ってみせた。先ほどまで淫らな喘ぎ声をあげていたのが嘘のような笑顔を見ると、ここは退く以外にはなさそうだ。

「そうだね、色々とあったんだろうけど幸せになってよ。でも、あんまり激しいと彼氏の身体が持たないかもよ」

「そうね、ほどほどにしておくわ。だったら、欲しくてたまらなくなったら連絡をしてもいいの？」

「いやぁ、それは彼氏に悪いので遠慮しておきますよ」

「ふふっ、相変わらず義理堅いというか、真面目なのね」

くすりと笑うと、十志子は博光に軽くキスをした。外国映画で見るような、軽いタッチのキスだった。それで、すべてを納得できる気がした。

結局、またいいように弄ばれただけだったような気がするな……。

十志子に見送られて部屋を出ると、博光は肩を竦《すく》めた。夜風が身に染みる。

まさか、だよな……。

バッグの中にしまっていたお守りの袋の中身を確かめる。五つあった玉のうち、ひとつは元の形がわからないような砂粒に変わっていた。残りの玉は四つあるはずだ。

えっ……。

手のひらに載せると、玉は三つしかなかった。袋の中には、玉だったはずのものが入っていた。それは前回と同じように砂状になっていた。偶然も重なると意味があるように思える。

博光は残った玉を袋に戻すと、バッグの中にしまい込んだ。

第四章　甘く苦い媚肉

和佳奈と喧嘩別れをしてから、早いものでひと月以上が経っていた。考えてみれば彼女との交際は二年近くになる。軽い口喧嘩をしたことくらいはあったが、こんなにも長い間お互いに電話やメールなどで連絡を取らなかったことはなかった。

博光の手元には、アドリアナから手渡された心残りや未練を解決することができるというお守りの玉がまだ三つ残っていた。

高校時代の初デートの相手で、救急車で担ぎ込まれた病院で再会した看護師の琴音。いまは割烹の若女将をしている美桜。

博光と付き合っていたときには、人妻だということを隠していた十志子。

記憶の中に残る元カノたちと偶然とも思える形で再会を果たし、身体を重ねることもできたというのに、お守りの玉はふたつ壊れてしまった。

それを考えれば、美桜と十志子との縁は切れてしまったということなのだろう。

博光にはもうひとりだけ思い当たる元カノがいた。社会人になってから合コンで親しくなった、浅野樹里《あさのじゅり》だ。

樹里は博光よりも一歳年下で、就職のために上京してきたばかりの娘《こ》だった。地元の大学を卒業した樹里は二十二歳で、ずっと都会での暮らしに憧れを抱いていたという。

スタイルや顔立ちは悪くないのだが、素朴というか野暮ったい感じが抜けきらない感じだった。異性の視線をごまかすようにふんわりとしたワンピースなどを好んで着ていたので、ますます垢抜《あかぬ》けない雰囲気が漂《ただよ》ってしまう。

それなのに髪形は周囲に合わせるように、ナチュラルブラウンにカラーリングしたセミロングヘアの毛先を緩やかにカールさせていた。そのアンバランスさが、博光には逆に新鮮に思えた。

樹里にとっては都会で見るもの、触れるものがすべて目新しく映ったようだ。デートで出かけてみたいとせがまれるのは、混雑することや行列ができることで有名なスポットばかりだ。

最初は妹の我が儘に付き合うような感覚で一緒に出かけていたが、社会人生活二年目ということもあり、せっかくの休日は人混みに揉まれるよりも心身を休めたいと思うようになった。

だが、樹里は流行りの場所に行ってみたくてたまらないらしい。次第にそんな彼女のことを疎《うと》ましく感じるようになってしまった。

博光の態度の変化を感じたのだろうか。いつしか樹里も新しい友人を作り、別行動を取るようになっていった。遊び友だちだという中には、異性もいたのかも知れない。

出会った頃と比べると、彼女は少しずつだが明らかに垢抜けていった。気がつけば、お互いにはっきりと口にすることもなく、フェードアウトする形で終わってしまった。

別れた後には、人づてだが繁華街のクラブなどに出入りしているらしいという話を耳にしたこともあった。ホステスが接待するようなクラブではなく、薄暗いフロアに音楽がかかり、気ままに踊ったり騒いだりするクラブの方だ。

上京したての頃の野暮ったい樹里の姿を知っているだけに、その話を聞いたときには多少なりとも驚きを覚えたものだ。

うーん、元カノって言われてもなあ……。

博光は布袋に入ったお守りを手にしながら、記憶を手繰《たぐ》り寄せた。

人妻だったことを知らずに十志子と交際したこともあったが、基本的に異性に対してはそれほど積極的なタイプではない。

泥酔して気がついたら隣に真っ裸の女が寝ていたということもないので、元カノについてはしっかりと把握《はあく》しているつもりだ。

思い当たるのは、あとは樹里くらいなんだよな。とはいえ、五年も経っているから、どうしているのかもわからないしな……。

博光はお守りの玉を眺めながらスマホを手にしたが、いったい誰に連絡を入れるべきなのか判断がつかなかった。

玉に導かれるように、すでに三人の元カノたちと再会できていたので、別に焦らなくてもいいような気もしてくる。

異性に対する思い出は女は上書き保存で、男はフォルダ別に保存されるという例えがある。それを考えれば、男の方が未練がましいということだろうか。

しかし、お守りの玉が壊れたことが証明したみたいに、美桜や十志子へ対する執着めいた感情は博光の胸の奥から消えていた。

連絡を寄越さない和佳奈のことは気がかりだが、仕事に追われるうちにさらに半月が過ぎていた。再会はしたが玉が壊れなかった琴音との縁は、まだ繋がっているのかも知れない。

三つ残っているお守りの玉が、自分に一番しっくりとくる相手へと導いてくれる気がする。そんな姑息なことを考えてしまうのはズルい気もするが、無駄に傷つきたくないというのが男の本音でもあった。

悶々とした日々を過ごしていた博光のスマホに、見慣れない番号から着信があった。時間は午後五時半を回った頃だ。

きりがいいところで上手く仕事を切りあげることができたので、会社の最寄り駅へと向かっているところだった。

最近はスマホの番号からの営業電話もあるらしいが、それは主に固定電話宛てにかかってくる。訝《いぶか》しく思いながら、着信ボタンを押す。

「あの、すみません。板垣さんですか？」

聞こえてきたのは、少し遠慮がちな女の声だった。

「はい、そうですが、どちらさまですか」

「ごめんなさい。樹里です。浅野樹里です。おわかりになりますか？」

「えっ、樹里さんって。ええと……アノ樹里さんですか」

「はい、スマホを機種変更したときに番号を変えたんです」

「ああっ、だから……」

「すみません。いきなり電話をかけてしまって。スマホのメモリーを見ていたら名前を見つけて。それで、つい懐かしくて……」

「へえ、そうだったんですか」

電話の向こう側から聞こえてくる樹里の声は、あの頃と変わっていなかった。強いて言うならば社会人一年生の頃とは違い、しっとりとした大人っぽい雰囲気が漂っていたことだ。

五年前に別れたっきりの樹里が、見知らぬ番号からいきなり電話をかけてきた。偶然といえば、あまりにも偶然すぎる気もする。しかし、アドリアナからお守りを手渡されて以来、元カノたちとの思いがけないような再会が続いていた。

もはや、これは偶然というよりも必然のように思える。二十代前半の頃は垢抜けなかった樹里が、いまはどんな女性になっているのかという好奇心も湧いてくる。

「それで、電話をくれたのは、なにか用件があってのことかな？」

「いえ、そういうのではなくて。どうしているのかしらって思って……」

博光の問いに、樹里は明確には答えなかった。

「どうしてるって言われても、以前と変わらないよ。同じ会社に勤めて営業マンをしているよ」

「そうなんですね。相変わらず頑張っているんですね」

電話の向こうで樹里が感心したように呟く。こうして電話をかけてきたのも、なにか意味があることなのかも知れない。お守りが引き寄せてくれたチャンスだとしたら、これを逃してはならない気持ちになる。

「よかったらだけどさ。今日って時間はあるのかな。せっかく電話をもらったことだし、久しぶりに食事でもしないか？」

「えっ、いいんですか。急に電話をしたのに」

「お互いに電話番号が変わって音信不通になったって不思議じゃないのに、こうして電話が繋がったのは奇跡的なことだとは思わないか。いま、どの辺りにいるかな？」

「いまですか。最寄り駅だと浅草の辺りです」

「そうか、浅草の辺りなんだ。だったら、昔行ったことがあるイタリアンの店を覚えてるかな。最近オーナーが変わって、リニューアルオープンしたらしいんだ。とりあえず、予約の電話を入れてみるから向かってくれないか」

「わっ、わかりました。あのイタリアンのお店ですよね。たぶん、わかると思います。もしも迷子になりそうになったら、連絡を入れますね」

博光は多少強引に約束を取りつけた。チャンスの神さまには前髪しかないならば、後先のことは考えずに摑むしかない。

リニューアルオープンしたばかりということで、まだ知名度はそれほど高くはないらしく予約を入れることにも成功した。地下鉄を使えば浅草まではあっという間だ。お互いのスマホの番号はわかったので、そこから先はショートメールで連絡を取り合いながら店へと向かう。店の前で待ち合わせることも考えたが、あらかじめメニューなどを確認しておきたかった。

店に到着してメニューを眺めていると、ドアがゆっくりと開いた。店内を見回した女は博光の姿を見つけると、小さく手を振ってみせた。

樹里は黒っぽいコートを羽織っていた。胸元まで伸ばした艶々としたストレートヘアは、あえて前髪を作らない大人っぽいワンレングスタイルだ。

スタッフに預けたコートの下には、グレーっぽく見える細かい千鳥格子のスーツを着ていた。五年が過ぎ、都会っぽいセンスが身についたのだろう。

やや襟元が開いたタイトなスーツに身を包むと、女らしい起伏に富んだボディラインが際立って見える。

柔らかいベージュ系でまとめたメイクが上品な印象で、かつての姿しか記憶にないため、別人のように思えてしまう。それほどの変わりようだ。

とりあえずは乾杯用にシャンパンと軽めのオードブルを注文する。あえてコースにしなかったのは、ひとつの皿から料理を取りわけるほうが親密さが増すような気がしたからだ。

乾杯用のフルートグラスに入ったシャンパンを手にすると、再会を祝うように軽く掲げる。

「ごめんなさいね。急に電話をかけてしまって」

グラスの縁についたパールカラーのルージュを拭う仕草も、なかなか堂に入っている。

「いや、あのときはなんとなくあんな感じになってしまってさ。こちらからは連絡を入れづらかったんだ」

「いまにして思えば、あの頃のわたしって手間がかかる、重たい女だったんだろうなって思います」

グラスを手に、樹里はにこやかに笑ってみせた。

博光としては、田舎《いなか》から出てきたばかりで心細さもあったであろう彼女をいっぽう的に見限った感じなので、多少なりとも恨まれていたとしても仕方がないところだ。

しかし、樹里はそんな素振りは少しも見せなかった。それどころか、当時のことを懐かしむように声を弾ませる。

あの頃は気がつかなかったけれど、改めて見ると樹里ってイイ女だったんだな……。

慣れた手つきでオードブルを口元に運ぶ姿を見ながら、博光は後悔の念が湧いてくるのを覚えた。例えは悪いが、要らないと思ってフリマに出したコレクションが、再び脚光を浴びて手放したのを後悔するほどの高値がついたような感覚に似ている。

シャンパンから白ワインに切り替える頃には、樹里の頬はうっすらとピンク色に染まっていた。アルコールが進むほどに、昔話に花が咲く。樹里の「です、ます」口調も少しずつ親しげな感じに変わっていった。

フルボトルの白ワインが空になり、赤ワインのボトルも半分くらいになっている。

「あのさ、繁華街のクラブに通ってたなんて話を聞いたことがあったんだけど」

酒の勢いを借りるように、博光は気にかかっていた噂話の真偽を尋ねた。自分が放り出したことで、もしかしたら彼女が荒《すさ》んだ生活を送っていたのではないかという自責の念もあった。

「ああ、その話ね。上京してきた女友だちが行ってみたいけれど、ひとりでは怖いなんて言うから付き合って行っただけなのよ。それをたまたま誰かに見られて、話が大きくなったんじゃないかしら。だって、あの頃のわたしってクラブなんかまるで似合いそうもないタイプだったから。確かに何回かは行ったけれど、最後まで浮いていた気がするわ」

樹里は屈託なく笑うと、よからぬ噂話をあっさりと打ち消した。

「そうか、それを聞いてちょっと安心したよ」

「ふぅん、別れた後も心配をしてくれていたなんて。やっぱり、博光くんって優しいのね」

そう言うと、樹里は博光の顔をじっと見つめた。さらさらとした黒髪によく似合う黒目がちな瞳。心の奥をのぞかれているみたいだ。

「ねえ、よかったら、わたしの部屋で飲み直さない？」

「えっ、樹里の部屋でってことか」

「うん、部屋はね、昔のままなの。引っ越すのだってお金がかかるもの。久しぶりにわたしの手料理でも食べてみない？」

樹里の言葉に五年前の記憶が蘇ってくる。交際していたときには幾度となく遊びに行ったし、もちろん泊まったこともある。

先日の十志子とのことを考えても、二十代半ばを過ぎた女が自分の部屋に男を誘うというのはそれなりの意味があることに決まっている。

断る理由が思いつかない。これはお守りが引き合わせてくれたに違いない。そんな気持ちになってしまう。

樹里の部屋は都心からは少し離れた、下町と呼ばれる辺りにあった。エレベーターがない四階建てのマンションの三階に、彼女の部屋はあった。

タクシーを降りたふたりは、肩を寄せ合うようにして階段をあがっていく。そっと寄り添っていた樹里だったが、ヒールを履いているということもあってか、恐る恐るという感じで博光の腰の辺りに手を回してきた。

えっ……。

腰の辺りに感じる温もりに、博光の胸がばくんと音を立てた。以前は抱き寄せると、一瞬びゅくんと身体を震わせた彼女の面影が脳裏をよぎる。本当は甘えたいクセに、甘え慣れていないところが妙に男の気持ちを昂ぶらせたものだ。

五年の年月の間に、樹里もそれなりの経験を重ねたということだろうか。そんなふうに思うと、彼女の肢体を味わったかも知れない相手に対してジェラシーを感じてしまう。

「散らかっているけれど……」

玄関の鍵を開けた樹里の口から出たのは、聞き覚えのあるセリフだった。きっちりとした家庭で育ったのだろう。散らかっているというのは、枕詞《まくらことば》みたいなもので部屋の中はいつもきちんと片付けられていた。

「不用心だから、留守のときも点けっぱなしにしているの」

その言葉にも聞き覚えがあった。女のひとり暮らしはなにかと用心深くなるらしい。

十畳ほどのワンルームの室内は、五年前とはずいぶんと印象が変わっているように思えた。

以前はカーテンやベッドカバーなどはピンク系の色で統一されていて、いかにも乙女チックな感じだったが、いまは品のいいグリーン系でまとめられていた。それでも、壁にかけられたカレンダーには、子猫の図柄があしらわれていて可愛らしさを感じる。

「相変わらず狭いでしょう。とりあえず、飲み物とおつまみを用意するから座っていて」

ワンルームの中央付近に置かれた丸テーブルが、かつての博光の定番の居場所だった。博光はコートとジャケットを脱ぐと、丸テーブルの前に置かれたクッションに腰をおろした。樹里もコートを脱ぎ、冷蔵庫を開けた。

「急なことだったから、缶チューハイでもいい？」

そう言うと、樹里は氷を入れたグラスにチューハイを注いだ。飲み物だけを置くと、キッチンでなにやら作っている。彼女が昔から料理が好きだったことを思い出す。手際よく作業を済ませると、オーブントースターのタイマーをかける。

「恥ずかしいから、こっちを見ないでね。スーツだと寛《くつろ》げないだろうし、皺になるから、博光くんもスラックスくらいは脱いだ方がいいと思うわ」

そう言うと、樹里は身に着けていたスーツのジャケットを脱いだ。見るなと言われれば、余計に見たくなる。ましてやワンルームなので、彼女の姿を隠すものもない。

博光はワイシャツの第一ボタンを外すとネクタイを緩め、言われるままにスラックスとソックスを脱ぎおろした。ワイシャツ姿になり、クッションの上で胡坐《あぐら》をかく。

グラスに入ったチューハイを手に、博光は樹里の方にちらりと視線をやった。彼女が着けているブラジャーは淡いピンク色だった。ジャケットを脱ぐと、タイトスカートに包まれたウエストの括れがはっきりとわかる。

博光の視線を感じているのだろうか。樹里は背中を向けたまま、下半身をかすかに揺さぶりながら、スカートをゆっくりと脱ぎおろす。

スカートを脱いだことで、素肌の色合いに近いストッキングに包まれた下半身が丸見えになる。五年前と比べると、元々太くはなかったウエストがさらに引き締まり、ヒップもやや丸みを帯びたように感じられた。

ウエストに食い込んだストッキングの上縁から、男とは違う女特有の肢体の柔らかさが垣間見え、淫らな感情を煽り立てる。

ブラジャーとショーツだけになると、樹里はハンガーにかかっていた男物だと思われる真っ白いワイシャツを羽織った。シャツはかなり大きめで、太腿の辺りまで覆い隠すサイズだ。

「男物の大きめのワイシャツを、部屋着やパジャマ代わりにするのってセクシーに見えるんですって」

そう言った十志子の言葉を思い出す。新入社員だった頃にキャバクラにハマっていた先輩社員から、ワイシャツデーというのがあると聞いたことがあった。その日は下着の上に男物のワイシャツだけを羽織った姿で、キャバクラ嬢が接客してくれるという。

普段自身が着ているだけに、そんなもののどこが色っぽいのだろうかと思っていたが、実際に目にすると女がオーバーサイズのワイシャツを羽織った姿は、想像していた以上に男の視覚を刺激するものだった。

頃合いを見計らったように、セットしていたオーブントースターがチーンという音を鳴らす。

　男物のワイシャツをまとった樹里は、手慣れたようすでオーブントースターからできあがった料理を取り出すと、座卓に並べた。

　ひとつはスキレットと呼ばれる小型のフライパンのような陶器に入れられたもので、もうひとつはアルミホイルを敷いた皿に並べられたものだった。

「お洒落なイタリアンもいいけれど、気取らない料理もいいでしょう。スキレットの中身はレモン系のハーブソルトとマヨネーズを利かせたハムエッグで、もうひとつはクラッカーの上にピザソースを塗って、細かく刻んだウインナーと溶けるチーズを載せたの。お手軽なミニピザって感じかしら」

　料理の説明をしながら、樹里は乾杯をするように博光に向かってグラスを差し出した。グラスの縁を軽く重ねると、博光は目の前の料理を口に運んだ。

　クッションの上で横座りになった彼女のワイシャツの裾からは、すべすべとした質感が感じられるナマ足が伸びている。綺麗に整えられたつま先を彩る、赤いネイルが扇情的だ。

「うっ、美味《うま》いっ」

　博光は驚嘆の声をあげた。お世辞抜きで即席で作ったものとは思えない。昔から料理は得意だとは思っていたが、想像していた以上に腕をあげたようだ。

二十代後半にもなれば、そろそろ結婚を踏まえた交際も意識するようになる時期だ。交際相手に求めるのも、単なる容姿などよりも社会人としての常識や、女らしい気遣いなどに重きを置くように変化してくる。

出勤前に美味そうな手料理が食卓に並んでいたら、仕事もいま以上に頑張れるような気がする。それを考えると、樹里は釣りあげたのに小物に思えた故にリリースしてしまった魚みたいに思えてしまう。逃した魚は想像以上に大きく育っていた。

「あのさ、いまさらだけど……」

目の前のグラスのチューハイをごくりと飲み込むと、博光は身体をひねって隣に座る樹里の方へ視線を向けた。

「いまさら勝手かも知れないけれど、もう一度付き合えないかな？」

自分勝手に彼女を放り出しておきながら、あまりにも都合がいい申し出だ。そんなことは自分でも十分すぎるほどにわかっている。しかし、都会っぽく洗練されたいまの樹里の姿を見ると、その心身を欲してしまう。

「えっ……」

いきなり過ぎる博光の言葉に、樹里は戸惑うように視線を泳がせた。彼女は男物のワイシャツの襟元のボタンをふたつ外していた。見えそうで見えない胸元から、ブラジャーに包まれた柔らかそうな谷間がわずかにのぞく。

チラリズムというのだろうか。あからさまでないところが、さらに博光を欲情させる。こういうときに気が利いたセリフを思いつくくらいならば、いままでだって恋愛に悩むはずもない。

「あのときはさ、ぼくも余裕がなかったっていうか……」

言い訳めいた言葉を口にするのが精一杯だ。隣に腰をおろした樹里のワイシャツの裾から伸びる、キメの細かい太腿に触れてみたくてたまらなくなる。博光は彼女の返答をうかがうように、アルコールにほんのりと染まった顔をじっと見つめた。

彼女の口元が動くまでが長く感じられる。

「あっ、ええとっ……」

樹里は天井の隅の方に視線を彷徨《さまよ》わせた後、小さく頷いた。博光はワイシャツ一枚の姿の彼女の肢体を抱き寄せると、唇を重ねた。

五年前の樹里は、セックスに対しては積極的なタイプではなかった。処女ではなかったがされるがままという感じで、二十三歳でヤリたい盛りの博光の性欲を満たすには少々物足りなく思えた。

「あーんっ……」

前触れのない口づけに、樹里は悩ましい声を洩らした。かつての彼女は、記念日などをとても重要視するロマンチストだった。だから、はじめてエッチをするまでには○○記念日、○×記念日と手数を踏んだ気がする。

「んんっ、もうっ……」

樹里は艶めかしい声を洩らしながらも、潜り込ませた舌先を受け止めた。かつては恥じらうように肢体を左右に振り、唇が重なっただけで呼吸を乱していた。

「はぁっ、いきなりなんて……感じちゃうっ……」

それなのに、彼女は自らもっちりとした感触の舌を巻きつけてくる。お互いの経験値を探り合うみたいに、じっくりと舌先を絡ませ合う。

「ああん、博光くんったらキスが上手くなってるぅっ」

「よく言うよ。前はキスをしようとするだけで、恥ずかしそうにしていたのに」

博光は嫉妬を滲ませる言葉を口にした。自分が知っているカントリーガールを、都会の女へと変貌させた男の影が許せなく思えてしまう。

「いやだわっ、女だって……五年も経てば、それなりに変わるものでしょう……」

樹里は喉元を反らしながら、嘯くような言葉を口にした。それが博光の心身をますます炎上させる。

「そういう言葉を聞くと、なんだか妬けちゃうな」

博光は彼女の首筋をちろりと舐めながら囁いた。ぬるりとした舌先の感触に戸惑うように、ワイシャツに包まれた樹里の肢体がひくんと弾む。

「博光くんったら、知らない間にヤキモチ焼きになっちゃったのかしら？」

「いまの樹里を見てると、ぞくぞくするんだ。ぼくが知らない間に樹里を抱いた男がいたとしたら、羨ましくてぶん殴ってやりたいような気持ちになるよ」

殴り合うような喧嘩をした記憶もないクセに、博光はわざと強がるような言葉を吐いた。

「もうっ、そんなふうに言われたら……」

樹里は感極まったように、再び唇を重ねてきた。舌先をじゅるりと絡みつかせながら、博光のワイシャツの襟元に指先を伸ばしてくる。

博光も彼女のワイシャツの胸元へと右手を伸ばした。レストランで再会したときに、そのふくらみはかつてよりも量感を増したように感じた。

視覚よりも指先の記憶が、それが間違いではなかったと伝える。手のひらにずっしりと感じる重量感。Ｅカップはあるに違いない。それを確かめるようにワイシャツ越しに、指先をぐぅっと食い込ませる。

「はあっ、博光くんったらぁっ……」

さらさらとした黒髪を左右に揺さぶりながら、樹里は悩ましい声を洩らした。かつての彼女は博光が準備万端に用意をし、その肢体を抱き寄せても、キスを受け止めるだけで精一杯という感じだった。

それなのに、いまはむしろ積極的に舌先をまとわりつかせてくる。その変貌ぶりに驚かされるばかりだ。乳房はボリュームを増しただけでなく、むちむちとした弾力《だんりょく》で食い込む指先を押し返してくる。

「ああんっ……もうっ……」

樹里は色っぽい声を洩らすと、かつてはネクタイの結び方も解き方も知らなかったはずなのに、それを容易《たやす》くしゅるりと解いた。

「わたしだって少しは成長しているのよ」

耳元に唇を寄せて意味深に囁くと、博光の表情を窺《うかが》い見いながらシャツのボタンをひとつずつ外していく。

年下の元カノに負けてはいられない。博光も彼女のワイシャツのボタンを外した。元々第二ボタンまでは外して着ていたので、第三ボタンを外すとブラジャーが丸見えになる。

ピンク色のブラジャーのカップには、同系色の花の刺繍が施されていた。

五年前の彼女の胸元を包んでいたのは、同じピンク系でも水玉模様やフリルが縫いつけられた可愛らしいものだった。下着ひとつにも歳月を感じずにはいられない。

ふたりは身体をぶつけ合うみたいに、互いの身体を覆い隠している白いシャツのボタンを忙しなく外した。その間も樹里は自らうっすらと開いた唇を重ね、舌先を忍び込ませてくる。

ワイシャツを奪い取ると、さらに樹里は博光が着ていたインナーシャツをずるりとたくしあげ襟元から剝ぎ取った。これで樹里はブラジャーとショーツだけになり、博光はトランクス一枚という姿になった。

「前よりも男っぽくなった感じ」

しどけない声で樹里が囁く。彼女は博光の身体にしがみつくと、タックルでもするみたいに床へと押し倒してきた。五年前はいつも博光が上だったはずだ。

博光の身体を膝で跨ぐようにして馬乗りになった樹里は、自らの手でブラジャーのホックを外した。下から見上げると、たぷっ、たぷっと揺れる乳房は扇情的だ。

「ずいぶんと積極的なんだね。なんだか信じられないよ」

「だってぇ、博光くんと久しぶりにしちゃうと思うと……」

樹里は声をうわずらせると、覆い被さるようにして唇を重ねてきた。ルージュと同じ色合いのネイルで彩られた指先で、博光の耳元や首筋をさわさわと悪戯する。まるでかつてと立場が逆になったみたいだが、不自然なほどに身体が反応してしまう。

「ねぇ……」

甘えた声を洩らしながら、彼女が口元に乳房を押しつけてくる。あまり大きくはない乳輪は桃の花のようなピンク色で、直径一センチほどの乳首がつぅんと尖り立っていた。博光は乳首をそっと口に含み、丹念に舌先をまとわりつかせる。

「はあっ、感じちゃうっ……。身体が火照って……すっごくエッチなことをしている気持ちになっちゃうっ。博光くんのアソコ、かちんかちんになっちゃってるっ」

博光の体躯の上で、樹里は密着した肢体をくねらせた。まるで柔らかい女体を使って、ペニスをやんわりと撫で回されているみたいだ。

「樹里があんまり色っぽいから、勝手に硬くなるんだよ」

開き直るように言うと、博光はわざと下腹部を揺さぶってみせた。トランクスのフロント部分はすでにぐしょ濡れなので、布地越しにしごかれているみたいな錯覚を覚えてしまう。気持ちよさを伝えるように、下半身を左右に振る。

野暮ったく見えるほどにピュアだった元カノは嬉しそうな表情を浮かべると、頬にかかるワンレングスの黒髪を左手でかきあげた。なにげない仕草のひとつにも成長ぶりが垣間見える。

「今夜は思いっきりエッチになりたい気分なの」

博光を煽り立てるように囁くと、樹里は博光の身体の上で匍匐《ほふく》前進ならぬ匍匐後進をした。

天井の照明を受けてぬらぬらと光る舌先が、博光の右の胸元へと伸びてくる。舌先を丸めるようにして尖らせると、女とはサイズがまったく異なる乳首を軽やかにつぅ、つぅーっと刺激する。

五年前の彼女からは想像がつかない淫戯に、博光は胸元を切なげに喘がせた。

「たぶん、あの頃のわたしって、つまんない女だったんだろうなって思うのよ」

舌先をべったりと密着させて乳輪や乳首を愛撫しながら、樹里が呟く。確かに受け身いっぽうの彼女には物足りなさを感じていた。とはいえ、いまはあまりの成長ぶりに驚くばかりだ。

右の乳首に吸いついたまま、彼女の左手が脇の下から腰回り、太腿の辺りを羽根ボウキを思わせるような繊細なタッチで撫で回す。短い吐息がこぼれるたびに、男らしさを蓄えたペニスが轟いてしまう。

元カノたちから愛撫されたことによって、このところ乳首が性感帯だと実感できるようになっていた。それでも一番感じるのは、牡の象徴《シンボル》なのは変わらない。

「あんまり焦らさないでくれよ」

かつては自分の勝手でほっぽり投げた元カノからの舌先や指先での愛撫は、わざとポイントを少しだけずらしているように思える。追い詰められたような気持ちに駆られた博光は、情けない声を洩らしてしまった。

「あーん、せっかくだから、たっぷりと楽しんでもらおうと思っているのにぃ……」

樹里は嬉しそうな笑みを浮かべた。舌先や指先の愛撫に反応する、元カレの身悶えぶりが楽しくてたまらないという感じだ。

軽く上半身を浮かせると、さらに樹里は匍匐後進をした。いままさに彼女の目の前には、フロント部分が三角錐のように隆起したトランクスがある。トランクスの前合わせ部分には男の欲望がはっきりと滲み出していた。

「博光くんだって感じると、エッチなお汁を出しちゃうのね」

樹里は伸ばした舌先で、トランクスの上から肉柱の形をなぞるようにゆっくりと舐めあげた。ぬめついた布地越しにこれ見よがしに舐めあげられると、内腿にぴりぴりするような快感が走り抜ける。

「はあっ、あんまりもったいをつけるなって……」

博光は上からの命令なのか、下からの懇願なのかわからない呟きを洩らした。

「博光くんったら、せっかちなんだ」

樹里は両の口角をあげて色っぽく笑ってみせた。彼女にしてみれば、これは純粋に恋に恋をしていた頃に、あっさりとリリースした博光に対する意趣返しみたいなものかも知れない。

「もしかしてココに色んなことをされたいとか……？」

こんなにも伸びるのかと思うほどに舌先を伸ばすと、樹里はトランクスの上からでもはっきりと形がわかる牡塊を卑猥な音を立てながら舐め回した。

中腰になった樹里はトランクスのゴムの部分を両手で摑むと、いっきに膝の辺りまで引きずりおろした。膝の辺りまで下げられれば、あとは両足をくねらせて脱ぐことができる。

しかし、あえて彼女はトランクスを摑んで少し荒っぽく見える感じで剝ぎ取った。

「ああーんっ、こんなに勃起させちゃって……」

わざと揶揄《やゆ》するように囁くと、少し乱暴にぎゅっと握り締める。

「普段はふにゃふにゃしているのに、こういうときだけは硬くなるなんて。男の人って本当に不思議だわ」

頬を紅潮させた樹里が、剝き出しになったペニスに熱視線を注ぐ。かつては舐められたいという牡の本能に基づいた卑猥なリクエストをしても、積極的に喰らいついてくるのではなく、頼まれているから仕方なくという感じで舌先を這わせていた。

「んふっ、こんなにヨダレを垂らしちゃってぇ……」

喉元が上下する、ごくりという音が聞こえてくるみたいだ。樹里の視線が、劣情を滾らせた肉茎に絡みつく。博光は胸元を喘がせた。

くちゅっ、くちゅっ……。

いきなり喰らいついてきたりはしない。まずは味見をするみたいに、桃のように割れた亀頭の割れ目の辺りをちろりと舐め回し、滲み出した牡汁を音を立ててすすりあげる。

「んんーっ……」

元カノの舌使いに、思わず背筋が床から浮かびあがってしまう。とはいえ、かつては子供扱いしていただけに、男のプライドというものもある。

「くううっ……」

博光は喉を鳴らした。

「えぇーっ、博光くんって、そんなエッチな顔をするんだぁ……」

樹里が意外そうな声をあげる。もしかしたら、五年前の彼女には、博光の表情をうかがう余裕さえもなかったのかも知れない。

「はぁんっ、そんな顔を見たら……どんどんいやらしい気持ちになっちゃうっ……」

前傾姿勢になった樹里は、二十代半ばを過ぎた肢体を揺さぶった。そんな姿を見たら、ますます破廉恥なことを考えてしまう。

にゅぷりっ。パールが輝くルージュで彩られた唇を大きく開くと、直角というよりも腹側に向けて勃起した男性器を少しずつ飲み込んでいく。生温かく、ぬるんっとした口内粘膜にじわりじわりと取り込まれていくような感覚。

「ああっ……ヤバいっ……」

思わず、歓喜の声が洩れてしまう。仰向けに横たわった博光は喉元を大きく反り返らせた。

「いっぱい、いっぱいっ、出てきちゃうのねっ……」

前傾姿勢になった樹里は情熱的な視線を、舌先をペニスにまとわりつかせる。かつては叶わなかった、恋い慕《した》う思いを滲ませるみたいにだ。

にゅるり、ちゅぷりっ、にゅぷっ……。

ピンク色の粘膜同士が、淫猥極まりない音色を奏でる。けっして広いとは言えないワンルームに響くその音が、心身をいっそう昂ぶらせていく。

ずるぅっ、じゅるるっ……。

室内の暖房が要らないと思えるくらいに、衣服をまとっていない身体が火照るみたいだ。

樹里の舌の動きに合わせるように、鈴口から粘り気の強い液体が溢れ出してくる。彼女はそれを筒形のゼリー菓子を口にする子供のように、わざと音を立てるようにずるるっ、ぢゅるっとすすりあげた。

「はあっ、はあっ……」

暑い時期ではないのに、内なる火照りに額や脇の下の辺りに汗が噴き出してくる。

「もうっ、興奮《かんだか》しすぎて……おかしくなりそうよっ」

樹里は甲高い声をあげると、下腹部を覆い隠していたショーツに両の指先をかけた。とはいえ、いまは博光に膝立ちで跨った格好だ。

しかし、欲望には逆らえないらしい。魅惑的な下腹部を包み込むショーツを、儚《はかな》げな吐息を洩らしながら少しずつ引きおろしていく。すでに発情した匂いがぷんぷんと漂っているが、いきなりショーツを脱ぐことはできない。

牡の視線を誘うように、片足ずつショーツを脱いでいく。博光は息を殺して「かつての田舎娘」の脱衣ショーを見守った。

見覚えがある太腿のあわいに、思わず呼吸が乱れてしまう。

「はあっ、あんまり見ないで……やっぱり……はずかしいっ」

膝立ちで跨《また》がった状態での下着の脱ぎおろしに、樹里は艶めかしく下半身をくねらせた。片足があがるたびに胸元についた手のひらに体重がのしかかるのが、これがリアルであることを伝えている。

とうとう、樹里は一糸まとわぬ姿になった。かつては太腿の付け根に生える草むらはナチュラルな状態だったが、いまは菱形に見えるように整えている。

「あーんっ、あんまり見られたら恥ずかしいわっ……」

羞恥の言葉を口にしながらも、樹里は成熟した肢体を隠そうとはしなかった。

「興奮しているの？　博光くんの乳首も硬くなってるみたいよっ……」

樹里は乱れた吐息を洩らすと、両膝を使って博光の下半身へと移動した。太腿の付け根の辺りから漂う甘酸っぱい匂いが強くなる。なんと例えればいいのだろうか。ナチュラルチーズを連想させる芳醇な香りだ。

博光は室内に漂う、うなじの辺りがじぃんと疼《うず》くような淫靡なフェロモン臭を鼻を鳴らしながら吸い込んだ。

「博光くんって、こうされるのが好きだったのよね」

わざと曖昧な言い方をすると、樹里は博光の膝の辺りに跨って前のめりになった。室温とは違うあたたかい呼気を感じると、表皮がてかてかと見えるほどに張り詰めた亀頭をぬるついた舌先が舐めあげる。

尻の割れ目の辺りがひくつくような快感。それはオナニーで得られる悦びとは質の違うものだ。床についた下半身がマリオネットみたいな奇妙な動きを演じてしまう。

「博光くんが教えてくれたのよね。男の人はこういうふうにされると悦ぶんだって」

畳みかけるように囁くと、樹里は大きく唇を開いて男根を喉の奥深くへとずぶずぶと飲み込んでいく。どうしたら、あんなにも深く咥え込めるのかと思うほどだ。

「ああっ、樹里ぃ……」

気持ちよさを伝えるように、博光は彼女のさらさらとした髪を指先で梳いた。五年前の彼女は亀頭を口に含むのがやっとという感じで、さらに深く飲み込もうとすると、げほっげほっとむせてしまいそうになっていた。

ところが、いまはどうだ。深く浅くと深呼吸を繰り返しながら、青筋を立てたペニスを口の中に咥え込んでいく。どう考えても、喉チ×コよりも深いところまで迎え入れている。

　さらに肉幹の裏側の敏感な部分を「ここが感じるんでしょう」とばかりに、湿った舌先でれろれろと舐め回す。

「あぅっ、ああっ……そっ、そんなに慌てるなって……」

　博光は甘美感に身をよじった。気を抜いたら、危うく発射してしまいそうだ。これでは、自分の方が経験が少ない若造みたいに思える。

「だめだって、いきなり暴走するなって……」

　快感に負けてしまいそうになるのを懸命に抑えながら、年上の男を装ってみせた。ぬるぬるの粘液まみれの唇がペニスをゆっくりと吐き出す。

「はぁんっ、博光くんのオチ×チン、にゅるにゅるのべったべたになっているね」

　樹里はシックなスーツを着てキャリアウーマン然としていたときとは、まったく別の表情を浮かべた。

　二十代前半の処女みたいな表情も知っている。どれが本当の樹里なのか、わからなくなりそうだ。

「硬くなっているオチ×チンを見ているとね……はあっ、こっ、興奮しちゃうのっ」

言うなり、樹里は再び肉柱に舌先を伸ばしてきた。まるではじめてもらった七五三飴《あめ》に舞いあがっている幼子みたいに、硬くなった肉柱からの舌先を離そうとはしない。

「そんなふうにされたら……」

情けない声を出したのは博光が先だった。その声を聞いた途端、樹里は、

「そんなふうにされたら、どうなっちゃうの？」

と、声を弾ませた。ペニスの割れ目から噴きこぼれた、淫らな粘液を嬉しそうに音を立ててすすりあげる。

「なっ、なんだかさ……。今夜の樹里は……やっ、やばくないか……」

博光は呼吸を荒げた。

「いやだわっ、まだまだ、これからでしょう。わたし的には、博光くんを悦ばせられなかったからフラれたんだって……ずっと思っていたのよ……」

樹里は哀しげな物言いをした。言葉にはしなくても、胸の奥底で澱《おり》のようになっていたのは博光だけだったわけではなさそうだ。

「ずっと……思っていたのよ。なんで、博光くんから捨てられたのかって……。マグロみたいな女は嫌われるって、わかったのはずいぶんと後だったわ」

棒キャンディーみたいに硬くなっている肉柱に、樹里は指先をきゅっと食い込ませ

た。

「だって、男の人って嫌いな女には興奮しないんでしょう？」

樹里は露わになった乳房を、これ見よがしに揺さぶりながら問いかける。それに呼応するように、これでもかというほどに逞しさを蓄えたペニスが上下にヒクついた。

「オチ×チンが硬くなるのは……好きだからってことよね」

男の生理がわかっているのかいないのか、樹里は決めつけるように呟いた。ペニスを握りしめた指先にいっそう力がこもり、ぴぃんと張った裏側の筋から根元までを丹念に舐め回す。

「うあっ……」

博光はくぐもった声を洩らした。淫嚢がきゅんとすぼまるような感覚を覚える。

「ねっ、感じると男の人のオチ×チンは反応するんでしょう？」

右手で肉柱を摑んだまま、樹里は玉袋に舌先を伸ばした。普段は意識したこともない場所なのに、ぬるっとした舌先が触れただけで表面の皮がうねうねと波を打つ。

「ほらね、感じているんでしょう？」

樹里は肉茎を離そうとはしない。それどころか、しこり勃った肉柱を上下にさすりあげる。

「んあっ……あああっ」

博光は切迫した声を洩らした。ペニスをしごきあげるリズムが心地よい。

「感じている声を聞くと、わたしも興奮しちゃうのよっ」

言うなり、興奮した犬のように呼吸を乱すと、ふたつ並んだ玉袋の真ん中辺りに舌先をでろりと這わせる。

「いっ、いや、それは……」

唸るような声をあげると、博光は背筋をのけ反らした。上目遣いで男の反応を確かめながら、樹里は舌先を巧みに操っている。

じゅるっ、ずるりっ……。

淫嚢の表面をゆるゆると舐めあげながらも、肉柱を摑んだ樹里の右手は止まらない。それどころか、牡の息遣いを荒げるようにさらに激しくしごきあげる。

やばいっ……、まじで……これはヤバすぎるっ……。

博光は腰を揺さぶって逃れようとしたが、樹里は執拗に追い詰めてくる。

ずるりっ……。

ついには、右側の睾丸を完全に口の中に咥え込んでしまった。口の中に包み込まれた玉袋の表面に、生温かい舌先がうねうねと絡みついてくる。

「うぁうっ……」

惑乱の声を洩らしながら、博光は身体を揺さぶった。元カレが洩らす破廉恥な声に比例するように、樹里の舌先の動きが執念深さを増す。

「はあっ、そんなの……」

博光は悩ましい声をあげた。これ以上されたら辛抱が利かなくなりそうだ。苦しそうに唸りながら、樹里の口内に飲み込まれた玉袋を懸命に引きずり出す。

「そんなのって？」

女のように喘ぐ元カレの姿に、樹里は頰を緩めた。しかし、ペニスを摑んだ手の動きは止めない。

「そんなに……さ、されたら……我慢できなくなるっ……」

博光は胸元を喘がせるばかりだ。

「オチ×チンを悪戯していると、わたしだって濡れちゃうんだからぁ……」

樹里はしっとりとした声を洩らすと、剝き出しのヒップを揺さぶった。前のめりの格好なので、まん丸い尻を高々と突き出す格好だ。

下腹につきそうな勢いでふん反り返る肉棒に、再び彼女がむしゃぶりつく。

「エッチなのは……男だけじゃないんだから……」

樹里は口元をすぼめると、膝で支えていた身体をゆっくりと起こした。今度は博光の腰の辺りに、両の足の裏で踏ん張るような格好で腰をおろした。女らしいラインを描く閉じ合わせた太腿を、左右に大きく割り広げていく。

勃起したペニスに舌先を這わせながら、自身も感じていたのだろう。ぱっくりと割れた太腿の付け根の辺りは、ぬるついた粘液を滲ませ卑猥な輝きを放っていた。肉柱の先端から噴きこぼれた牡汁で、ペニスも根元までぬらぬらと光っている。

「舐めていたら、わたしだって感じちゃうんだからぁ……」

ぷるぷると弾むEカップの乳房を揺さぶりながら、太腿の付け根に逞しさを漲らせた肉柱をこすり付けている。猥褻《わいせつ》な液体を滲ませた赤みの強いピンク色の粘膜同士がぶつかり合う。

「はあっ、いいわぁっ」

樹里は肉柱を握り締めると、ぬるついた亀頭をクリトリスになすりつけている。淫液まみれの肉器官がこすれ合う感触がたまらない。

「はあっ、いいーっ……オチ×チンでクリちゃんをこすると……気持ちいいの……気持ちがよすぎて……ああっ、ヘンになっちゃうーっ……」

淫猥すぎる喘ぎをあげながら、博光の腰の辺りに跨った樹里は下半身を左右にくねらせる。彼女が腰を揺さぶるたびに、湿っぽい音があがった。

「いいのっ、気持ちいいっ……ああっ、欲しくなっちゃうっ……」

牡の脳幹にずしんと響く声を迸らせると、樹里は顎先をぐっと突き出した。息遣いに合わせて揺れる胸元がたまらない。

博光は扇情的にぷるぷると上下する、ふたつの乳房を下から鷲掴みにした。乳房に指先が食い込むと、樹里の息遣いがいっそう荒っぽくなる。

「はあっ、たまんないっ……硬いの……いいっ……」

樹里は力むように下半身を踏ん張ると、左右に大股開きになった腰を浮かせた。まぶたをぎゅっとつぶり、半開きの口元からのぞく前歯を噛み合わせる表情が色っぽい。

「はあっ、いいっ、は……いっちゃうっ、オマ×コの中に入っちゃうーっ……」

博光の上に騎乗した樹里は、折れそうなほどに首を大きくしならせながら、あられもない声をあげた。

じゅるんっ、ぢゅるるんっ……。

ペニスの感触を貪るように、彼女は背筋をのけ反らせながら腰を乱高下させる。淫液まみれの粘膜がぶつかり合う音がたまらない。博光は彼女の尻を両手で掴むと、腰を大きく跳ねあげた。

張り出した雁首や骨ばった肉幹で、無数の肉襞《にくひだ》を浮かびあがらせる膣内《なか》をずりずりと抉るような感覚。

「んぁっ、かっ、硬いのが……オチ×チンが突き刺さってるぅっ……」

樹里の声が甲高さを増す。わざと卑猥な単語を口にして、自らを高みへ押しあげているみたいだ。彼女は∞の字を書くように、ヒップを右へ左へと大きくくねらせる。

「いいっ、はあっ、たまんないぃっ……」

博光の胸元に手をつき、樹里は長い黒髪を激しく振り乱した。とろっとした彼女の目元からも、その興奮具合が伝わってくる。

「はあっ……きっ、気持ちがよすぎて……どんどんおかしくなるっ。どんどん、どんどん……オチ×チンが欲しくなっちゃうのっ。欲しくて欲しくてたまらないのっ」

聞いている方が息苦しくなるほど淫らな喘ぎを洩らしながら、樹里は桃のような尻を揺さぶり続ける。イタリアンレストランでシャンパングラスを優雅に傾けていたときとは、まるで別人みたいな乱れっぷりだ。

「ああん、いいわあ。たまんないっ……」

博光の胸元に両手をついた前傾姿勢になると、樹里はわずかにヒップを浮かせた。体重がかかっている左右の膝とつま先を巧みに操って、時計回りになるように身体の向きを少しずつ回転させていく。

ペニスを挿入したままなので、まるで蜜壺全体を使ってぎゅるりとひねりあげられるみたいだ。

「うあっ……」

たまらず、博光も喘ぎ声を迸らせた。尾てい骨の辺りに意識を集中させることによって暴発を防いでいたのだが、予想をはるかに上回る締めつけに、尿道の奥底から沸《ふっ》騰《とう》した液体が駆けあがる。

まるで抜きかけたシャンパンの栓が、いっきに吹き飛ぶみたいだ。そしてついに、体内で軽快な抜栓音をあげたペニスの先端から、ぶわっ、どぶゅんっと濃厚な牡汁が噴きあがる。

「ああっ、ザーメンが溢れてる。膣内《なか》で熱いのが……」

蜜壺内での牡の乱射は樹里にも伝わったようだ。博光に向かって背中を向ける形で繋がった樹里が、絡みつくような視線を投げかけてくる。

「もうっ、先にイッちゃうなんて反則よぉ。でも、大丈夫。だってまだまだ硬いままなんだもの」

言うなり、樹里は下半身にぎゅっと力を入れた。精液を発射したばかりだというのに、ペニスは少しも萎える気配はなかった。それどころか蜜壺の締めつけを跳ね返さんばかりの力強さを見せつける。

「一度、イッておいた方がじっくりと楽しめそうね」

樹里は濡れそぼった結合部を見せびらかすように、博光に向かって突き出した。ぱっくりと縦に割れた牝の切れ込みの中に、怒張が飲み込まれているさまはいやらしさ満点だ。彼女がヒップを揺さぶるたびに、とろとろの蜜液が滴り落ちてくる。

「普通の騎乗位もイイけれど、これだと別のところに当たるの。子宮にがつんとぶつかる感じがたまらないのよ……」

牡杭を根元まで咥え込んだヒップを揺さぶりながら、樹里は悩乱の声をあげた。五年の年月が、ピュアだった彼女をこんなにも性に貪欲な女に変えていたとは驚愕するしかない。ひとりの女の中に、淑女と娼婦が同居しているみたいだ。

「うおおっ……本当に樹里はスケベなんだな」

唸るように呟くと、博光は彼女のヒップを摑み、隆々と反り返るペニス目がけて上下させた。

「あんっ、いいっ……オマ×コの中をかき回されてるみたいっ……いいわっ、すっごく感じちゃうっ……」

摑んだヒップを引き寄せるタイミングに合わせ、自らも両膝を使って深く浅くとペニスの硬さを楽しんでいる。派手に抜き差しをすると、太腿の付け根どころか博光の下腹のあたりにまで甘蜜が噴きかかるほどだ。

「はあっ、はあっ、いいっ、きてるわ。エッチの神さまが、そこまで降りてきているみたいっ……あっ、だっ、ダメっ……イッ、イッちゃうーっ、イクウウウウッ……！」

樹里は絶叫のような悦びの声をあげると、博光の体躯の上でブロンズ像のように上半身を硬直させた。絶頂に達したことで胸呼吸から腹呼吸に変わり、ヘソの辺りが大きく波打っている。

「うあっ、これは……」

うねうねと執念深げに絡みつく、蕩けきった肉襞の感触がたまらない。

「ダッ、ダメだ……ぼくも……まっ、また……でっ、射精《で》るっ……！」

深淵に取り込まれたペニスの先端から、再び欲望の液体が噴射された。

「あああんっ、また熱いのが射精《で》てる……射精《で》てるぅっ……！」

びゅくんっ。呼吸さえ忘れていたかのように固まっていた樹里の上半身が、激しく痙攣をはじめる。びゅく、びゅくと繰り返すその動きは、まるでゼンマイ仕掛けの玩具みたいだ。

やがてゼンマイが切れたように動きをとめると、ふらつきながら博光の身体から降り、床の上に横向きに倒れ込んだ。


力を使い果たし、ぐったりと仰向けに横たわった博光の隣に、ワイシャツを羽織った樹里が寄り添いながら腕を絡めてくる。

「ねえ、お願いがあるんだけど……」

「んっ、お願いって……？」

「実はね、わたしはいま生保レディをしているんだけど、今月ピンチなのよ。だから、お手軽なタイプのでもいいから契約してくれないかしら」

甘えた声で囁くと、樹里は保険の見積書を差し出した。主流になっている更新タイプと呼ばれるものから、終身保険や医療保険、果ては個人の積み立て年金まで揃っている。

ありとあらゆるタイプの保険の見積書を片っ端から作ってきた感じだ。保険の見積もりには個人名と生年月日が必要なので、窮地に陥《おちい》った樹里が元カレを頼ってきたというところだろうか。

はあっ……、なにかあるんじゃないかとは思っていたけれど、今度はこういうオチだったのか……。

博光はため息を吐いた。色鮮やかに見えていた樹里の姿が、急に煤《すす》けて見える。

「ねっ、いまどきは保険くらいは入ってるとは思うけれど。もう一件くらいならイケるんじゃゃないかしら」

見積もり書を手に樹里が喰らいついてくる。

「保険なら、就職祝いにって母さんが勝手に共済をかけてくれてるよ」

「でも、もうひとつくらいなら……。それに契約をしてくれれば、また会う機会もできるでしょう」

樹里は引きさがろうとはしない。自らの身体で籠絡《ろうらく》した獲物を取り逃がしてなるものか、と必死なのが伝わってくる。

「疎遠《そえん》になっている学生時代の先輩や友人から呼び出されるのって、だいたいはこの手の話ばかりでさ。やれ保険だ、先物取引だ、株や仮想通貨はどうだって。そんなのは聞き飽きてるんだよ。まさか、いつもこんな手を使って契約を取ってるのか？」

「そっ、そんなこと……そういうわけじゃないけど……」

「知ってるとは思うけれど、こういうのは枕営業って言うんだよ。こういうやり方でしか契約を取れないんだとしたら、向いていないから早めに辞めた方がいいと思うよ。マルチ商法とか色んなことをやった知り合いを知っているけど、みんな友だちをなくして後悔しているよ」

ゆっくりと起き上がった博光は、身体に残った情事の痕跡を室内にあったウェットティッシュで拭うと、身支度をはじめた。少しでも早く、この場から去りたくてたまらない。

「まっ、待ってよ。たまたまよ。本当にたまたま博光くんの連絡先を見つけて……」

「たまたまで、こんなに大量の見積書をね」

呆れたように言うと、博光は束になった見積書を部屋の中にばさっと放り投げた。まるで大きな紙吹雪みたいに、室内を漂いながら落ちてくる。樹里は散らばった見積書をかき集めながら、なんとか引き留める言葉を探しているみたいだ。

「樹里の番号は削除しておくから、ぼくの番号も消しておいてくれよ」

ネクタイを締め直し、コートを羽織ると博光は樹里の部屋を出た。のぼるときには懐かしく思えた階段も、いまは虚しさを噛みしめながら降りていく。

樹里のマンションを後にした博光は一番近くにあった街灯の下で、カバンの中からお守りの袋を取り出した。お守りの玉は三つ残っていたはずだが、手のひらに載せた途端、そのひとつが音もなく砕け散った。まるで最初からなかったものみたいにだ。

これで、いよいよふたつになったのか……。

残ったふたつを袋に入れ直すと、博光は薄暗い夜道を歩き出した。

第五章　絆の玉

十二月に入ると、急に街が華やかさを増していく。商店街やビルの中などには大きなクリスマスツリーやイルミネーションなどが飾られ、この時期特有の音色が鳴り響いている。

誰も彼もが楽しげに見えるような気がするのは、博光の隣には誰もいないからだった。和佳奈と交際をするようになって二年ほどが経つ。その間はクリスマスや年末年始などの一大イベントは、必ず一緒に過ごしていた。

ひとりきりで年末年始を過ごすかも知れないのは、いったい何年ぶりだろう。そんなふうに思うと、孤独感で胸が押し潰されそうな気持ちになってしまう。

アドリアナから手渡された、お守りの玉も残りはふたつになった。しかし、樹里から呼び出されて以来、元カノたちからはなんの連絡もなかった。

去年は、いや一昨年も和佳奈にせがまれて、わざわざバスツアーを利用してイルミネーションを見に行ったなぁ……。

煌《きら》びやかな街の風景が、余計に身体を冷え冷えとさせ、心も寂しくさせるみたいだ。

十月半ばに喧嘩別れしたままの和佳奈は、いま頃どうしているのだろうか。

十月の月末には、彼女の二十八回目の誕生日があったはずだ。それなのに、彼女は連絡さえ寄越さなかった。去年は博光が評判のいいレストランをネットで予約し、事前にリクエストされたプレゼントを手渡した。

それは博光の誕生日も同じで、ふたりは互いの誕生日を特別な日として祝い合ってきた。それなのに、今年は何の音沙汰もない。

もしかしたら、もう二度と和佳奈とクリスマスや年末年始を迎えることはないのかも知れない。そんなふうに思えてしまう。

交通や通信の手段がなかった古《いにしえ》の時代ではないのだ。いまは手元にあるスマホのボタンを操作するだけで、電話は繋がるしメールや写真だって送ることができる。電話に出られなかったとしても、留守番電話に録音することだってできる。

なんでも容易くできる時代だけに、逆に意地を張ってしまうのかも知れない。二度と会えないかもと思うような場所へ旅立つと聞いたとしたら、万事を投げ出してでも見送りに駆けつけるはずだ。

便利なはずの時代は、人の心だけは不自由にしているように思えた。スマホを何度となく握り締めて和佳奈の番号を表示させても、通話のボタンを押すことができない。

ふたつの玉が和佳奈と琴音を暗示しているのだとしたら、博光により相応しい相手はどちらなのだろうか。

有り難いお守りなのは間違いないのだが、ひとつだけ困ったことがある。いざことが動かなければ、それが正解なのか不正解なのかがわからないということだ。不正解の場合は玉は崩れるように消滅してしまうので、その相手との縁はなかったと判断することができる。

昼休みにコンビニの店内で買い物をしていると、看護師をしている琴音からメールが送られてきた。

「こんにちは。その後、体調はどうですか？　無理とか無茶をしてはダメですよ。今日は日勤なので、早めにあがれそうなんだけど……」

短いメールには、ナース服や注射などのカラフルな絵文字が散りばめられている。画面を見ているだけで、琴音のナース服姿が頭に浮かんでくる。このところ仕事中以外はコンビニ弁当ばかりで、だれかと飲食をしていない。

「よかったら飯でも食べませんか。ひとりだと行きにくい、美味いもんじゃ屋があるんだけど？」

「ふぅん、もんじゃ屋さんかぁ。確かにひとりもんじゃは切ないわね。わかったわ。スマホ宛てに地図を送ってくれる？」

早あがりのせいか、琴音はハイテンションになっているみたいだ。

待ち合わせたのは博光のマンションからさほど遠くない場所にある、もんじゃ焼きの店だった。いまどきっぽいお洒落な感じではなく、昔ながらの落ち着いた雰囲気で、常連客がしっかりとついている。ひとりで行く場合は、カウンター席でビールとツマミっぽいメニューばかりを頼んでいた。

約束の時間通りに、琴音は現れた。濃いグレーのコートに、ふくらはぎまで隠れる長さの黒っぽいスカートを穿いていた。

白いふわふわとしたニットシャツが愛くるしい印象だ。仕事中は後頭部でまとめている髪の毛も、肩先で緩いカールを描いている。

「なんだか、見違えちゃうね」

「それはそうよ、こんな場所にまで制服で現れるワケないでしょう」

軽口を叩くと、ジョッキに入ったビールで乾杯をする。看護師は酒が強いらしいと聞くが噂に違《たが》わず、かなりイケる口らしい。

「そうそう、もんじゃ焼きやお好み焼きって、ひとりだと入りづらいのよね」

琴音は鈍い光を放つステンレスの容器に入った具材をかき混ぜると、具材を土手と呼ばれるドーナツ状に並べた。普段は後輩相手に現場を仕切っているのだろう。手際のよさを感じる。

「たまんないわねーっ。ビールもお代わりをしちゃおうっ」

琴音は見惚れるほどの食いっぷりと飲みっぷりを見せつける。やれダイエットだ、好き嫌いがあるという女性よりも、見ていて遥かに気持ちがいい。

「お酒が強いんだね。どう、ここからすぐなんだけど、ぼくの部屋に来ない？　ちょっと珍しいジンやウオッカなんかを揃えてるんだ」

「意外ね、ヒロくんにそんな趣味があるなんて知らなかったわ。もしかして、この店をチョイスしたのも、部屋に誘いたかったからかしら？」

琴音が軽い感じで探りを入れてくる。縁があれば部屋に来るだろうし、縁がなければそれだけのことだ。博光は腹を決めていた。

目の前に迫ったクリスマスという、一大行事をひとりでは過ごしたくない。そんな思いに駆られていた。男というのは、想像している以上に孤独感に弱いようだ。

もんじゃ屋の二本裏の通りに、博光が住んでいるマンションはあった。かなり年季は入っているが数年前に外装を塗り直したので、ぱっと見は洒落た感じに見える。

ガチャリと鍵を外し、部屋の照明を点ける。室内は広めのキッチンと寝室に分かれた1DKだ。

「へぇ、男のひとり暮らしだって聞いていたから、もっと荒れ放題なのかと思っていたわ」

御宅拝見とばかりに、琴音は室内に舐めるような視線を這わせていく。キッチンには壁掛けタイプの収納を上手く活用し、複数のお玉やピーラーなどが掛けられていた。これは料理がしやすいようにと、和佳奈が整理整頓《せいとん》してくれたものだ。

大きめの寸胴《ずんどう》タイプの鍋やサイズ違いの小鍋もある。男のひとり暮らしにしては、調理器具や調味料の種類などが多すぎるのは一目瞭然だ。

決定的だったのは、洗面台に無造作に置かれていた赤と青の色違いのコップに、やはり色違いの歯ブラシが入っていたことだ。

「まあ、ヒロくんだって色々とあるわよね。元カノや今カノがいたって、少しも不思議じゃないもの」

琴音は大人の余裕を漂わせるように笑ってみせる。

「いやぁ、これには……」

博光は不覚を取ったと思った。琴音をここに招き入れたのは、飲食店などの第三者がいる場所ではしづらい、きちんとした話をしたかったからだ。あわよくば再び彼女を抱き、正式に告白をして付き合いたいという思惑もあった。

「実はね、わたしもヒロくんに伝えていないことがあるの。表だって公表をしているわけではないけれど、結婚しているのよ。結婚といっても入籍をしていない事実婚なんだけれど。ほら、フランスとかだと盛んだって言うでしょう」

「えっ、だって……。結婚指輪をしていないし、病院の名札だって……」

琴音の言葉が、すぐには理解できない。なんだか壮大などっきりでも仕掛けられているみたいな気持ちになってしまう。

「看護師っていうのは、院内では旧姓は使えないの。そうすると、色々と不便なことも出てくるのよ。結婚指輪も同じで、うちの病院では外すことが決まっているの。主人も医療関係者だから、その辺りの事情には理解があるから、子供ができるまではこのまま事実婚でもいいかって話になっているの。もちろん、お互いの両親や上司にも紹介は済ませているわ。だから、単なる同棲とはまったく違うの」

「旦那さんって、病院の関係者なのか？」

のよね」

「病院ってね、お医者さんや看護師さんだけではなくて、色々なスタッフさんがいるのよ。主人は他の病院に勤務しているんだけど、夜勤も多いからすれ違いがばかりなのよね」

少しため息交じりに琴音が呟く。落胆しないといえば嘘になる。しかし、博光はその思いを強引に胸の奥に封じ込んだ。

「そっ、そうだったんだ。じゃあ、まずは結婚の報告に乾杯しようか」

博光はわざと明るい声をあげた。コレクションしているジンを氷を入れたグラスに注ぎ、トニックウォーターで割ると琴音に手渡す。ジンは植物のフレーバーとややほろ苦い後味を感じる、大人っぽい風味が特徴的なスピリッツだ。

「いまさらだけど、初デートの相手だったヒロくんのことは、胸のどこかに引っかかっていたんだと思うわ。それなのに、あんなふうに再会をするなんて。世の中には偶然って本当にあるのね」

少し照れたように、琴音が笑ってみせる。その表情を見ると、責める気さえ起らなかった。

「いくら事実婚だからって、初デートの相手と深夜の病院であんなことをするなんて。琴音にも信じられないくらいに、大胆なところがあったんだね」

「もう、いまさらそれを蒸し返さないでよ。恥ずかしくなっちゃうじゃない。このところ、すれ違い続きで完全にセックスレス状態だったのよ。それなのに、ヒロくんがあんなふうに硬くするんだもの。女だって興奮しちゃうことぐらいあるのよ。でも、相手がヒロくんでよかったわ。見ず知らずの男だったら口説かれる気持ちになんてならないけれど、やっぱり初デートの相手っていうのは、いつになっても気になるものなのね」

「初デートの相手というだけで、そんなふうに思ってもらえてたってのは光栄だね」

「ヒロくんだって、モテないわけじゃないでしょう。この部屋を見ていたら、なんだか安心しちゃったわ」

ジントニックを手に、もう一度乾杯をする。強めの酒を飲んだ琴音は、博光が知る高校生時代よりもはるかに饒舌《じょうぜつ》だった。酩酊《めいてい》する頃には、博光が呼んだタクシーに乗り込ませた。

琴音を乗せたタクシーの後ろ姿が見えなくなった後、布袋を確かめるとふたつあったはずのお守りは、とうとうひとつになっていた。琴音との縁もやはり繋がってはいなかったようだ。

クリスマスの直前になっても、大晦日を迎える頃になっても、和佳奈からは連絡はなかった。

アドリアナが言っていた心残りとか、未練っていうのは和佳奈のことじゃなかったのか……。

布袋に入った玉を眺めるたびに、出るのはため息ばかりだ。クリスマスや年末年始をひとりで過ごすくらい虚しく思えることはない。こんな思いをするくらいならば、もっと早く素直に謝ればよかった。後悔ばかりが博光を苛《さいな》む。

結局、クリスマスはひとりぼっちで過ごした。

いつもならば、和佳奈の部屋で大晦日のテレビ番組を見てから近所の神社にお詣《まい》りに行くのが、年末年始の恒例行事のようになっていた。

実家に帰ることも考えたが、姉夫婦が子供連れでやってくる。賑やかな声ではしゃぐ家族たちの中で、ぽつんと過ごすのはひとりでいる以上に孤独感に苛まれてしまいそうなのでやめておいた。

いつもよりも長く感じる年末年始を、博光はほとんど部屋の中で過ごした。

年が明けて半月ほどが過ぎた頃だろうか。木曜日の深夜のニュースの中で水族館の様子を取りあげていた。

都内にあるホテルに併設された水族館は、和佳奈とはじめてお泊りをする約束をして出かけた思い出深い場所だ。

年齢の割に男慣れしていない雰囲気を漂わせる彼女とはきちんと手順を踏んで付き合うべきだと思い、デートをしてもセックスには持ち込まなかったというか、持ち込めなかった。

ここは思いきって奮発したデートで勝負を賭けるしかない。そこで思いついたのが、水族館を併設したホテルでのデートだった。水族館で色とりどりの魚やふわふわと浮遊するクラゲの姿に、和佳奈はすっかり舞いあがっていた。

そのまま、予約しておいた和食店へと案内した。何度かデートを重ねたことで、彼女の食べ物の好みなどを把握していたことも役に立った。

いつもとは趣きが異なるデートに、和佳奈も覚悟を決めているようだ。和食に合わせて頼んだ冷の日本酒に、彼女は頬をうっすらと桜色に染めていた。

「そろそろ部屋に行こうか？」

部屋のキーを見せると、彼女は小さく頷いた。

あれは二年前、街じゅうにクリスマスソングが流れはじめる前の頃だ。今になって、なんだか付き合いたての頃のことを思い出してしまう。

交際したての頃は、ほとんど喧嘩をしたことはなかった。些細なことで感情的になってしまうのは、二年以上になる付き合いの中でお互いに相手に対する気遣いが少なくなってしまったからかも知れない。

いちいち相手の顔色をうかがうような付き合い方は肩が凝るが、あまり我が儘が過ぎれば、関係性はあっけなく壊れてしまう。それは離れている期間に、つくづくと思い知らされたことだった。

アドリアナから手渡された玉をどれだけ眺めても、なんら変化はない。テレビのニュースをきっかけに和佳奈に電話をかけることも考えたが、いまさら連絡を取りづらいというのが本音だ。

このまま、和佳奈とはずっと会うことなく関係が終わってしまうのだろうか。

ふとそんな考えが頭をよぎり、いてもたってもいられなくなった博光は、せめて和佳奈との思い出の水族館へ行ってみようと決めた。なんとなく、あの水族館のニュースを見たことが、最後のチャンスになっているように思えたのだ。

金曜日の夕刻、終業時刻と同時に博光は急いで水族館に向かった。家族連れやカップルで賑わう土日や祭日とは違い、館内は比較的空いていた。

魚の姿をじっくりと観察できるようにと、やや照明を落とした館内を進んでいく。和佳奈が特に気に入っていたのは、円筒形の水槽の中を無数のクラゲが漂う幻想的な空間だった。彼女は幼い子供みたいに水槽をのぞき込んでは、感嘆の声を洩らしていた。懐かしいはずの空間もひとりだと虚《むな》しく思えてしまう。

えっ、あれは……。

円筒形の水槽が並ぶ空間に懐かしい後ろ姿を見かけた気がした。グラデーションのように照明の色が変化していくので、いつもよりも視界が利かないのがもどかしく思える。

ふわふわとした素材の淡いブラウンのコートからは、膝下丈の花柄のワンピースの裾が伸びていた。コートと同系色のパンプスは安定感がある三センチヒールだ。コートにかかる肩よりも長い黒髪は、毛先を軽やかに遊ばせていた。

会えない間に妄想がふくらみすぎて、幻覚を見ているのかも知れない。そんな思いに駆られてしまう。博光はクラゲの水槽に見入っている女の背後に、足音を潜めてそっと近づいていく。

さりげなく横に並ぶと改めて、女の横顔に視線を送った。女がゆっくりとこちらを向く。

「和佳奈っ、やっぱり和佳奈だっ……」

「えっ、やだっ、博光っ、どうして……」

「いや、昨日の夜のニュースでたまたまこの水族館が出ていたから」

「うそっ、わたしもよ。たまたまニュースを見て、なんだか懐かしくなって……」

和佳奈は驚いたように目を見開いた。二カ月以上も顔を合わせていないというのに、そんなことはどうでもいいことのように思えてしまう。

「ごめん。あのときは……」

「いいのよ、もう。こんな場所で偶然に再会しちゃうなんて。不思議すぎて笑っちゃいそうだわ」

「本当だよ。あのニュースを見ていなかったら、今日ここに来ることなんてなかったし、明日来たとしても会えなかったってことだよね」

ふたりは顔を見合わせた。

「偶然も重なると、それは必然っていうんだったかしら？」

弾けるような笑顔を見せると、和佳奈は博光の左手にゆっくりと腕を絡みつかせた。

久しぶりに感じる和佳奈の温もりに、心がほんわかとあたたかくなるみたいだ。

「せっかく会ったんだから、誕生日とクリスマスのやり直しをしないか」

「それを言うんだったら、大晦日とお正月も一緒にね」

「そうだな、水族館で再会したんだから、あのときのデートを再現してみようか」

「あら、それって素敵だわ。確か、ホテルの中の和食屋さんでお食事をしたのよね」

「よく覚えてるね」

「当たり前よ。二人にとっては大切な記念日だもの」

水族館を出ると、はじめてセックスをした日のデートを再現するようにホテル内の和食店で夕食を食べた。

ここまできたら、完全に再現したくなる。食事をしている最中に、博光はさりげなく手洗いに立った。

フロントに電話をして、なんとか部屋の確保を図る。年末年始ならば絶対に空室はなかったのだろうが、なんとか部屋を予約することができた。

想定外の出費となってしまうが、約二カ月半分のデート費用と彼女の誕生日をすっぽかしたことを考えれば仕方がない。

和食店を出ると、二人はホテルのフロントへと向かって、チェックインを済ませた。

「いきなりなのに、よく部屋が空いていたわね」

宿泊階へと続くエレベーターの中で、和佳奈がやや背伸びをして小声で囁く。

「まあ、神さまはときには意地悪もするけれど、ときには信じられないくらいのご褒美も与えてくれるってことかな」

博光も小声で返した。ポケットに入れた部屋のキーが、幸運の扉を開ける魔法の道具みたいに思える。

チェクインしたのは、コーナーツインと呼ばれる部屋だった。以前に宿泊したのは普通のツインルームだったので、ワンランクアップした形だ。ベッドがふたつ置かれ、夜景を望むことができる広々としたガラス窓を背にしてソファが置かれていた。

「わあ、すっごーいっ」

眼下に広がる夜景に、和佳奈が感動したように窓際に駆け寄った。クリスマスシーズンは終わってしまったが、都内の夜景はそれそのものがイルミネーションみたいなものだ。彼女が差し出したスリッパに履き替えると、ひと心地ついた気がした。

「もう、ずっと連絡をくれないんだもの」

いまにも泣き出しそうな声を洩らしながら、和佳奈は博光に抱きつくと唇を重ねてきた。適度の身長差と、抱き締める両腕に感じるほどよい柔らかさを帯びた肢体が、妙に心地よく感じられる。

くちゅっ、ちゅるり、ぢゅぢゅっ……。

　和食店ではいつもよりも口数が控えめだった和佳奈だったが、ふたりっきりになると感情を爆発させたみたいだ。我慢できないというように唇をゆっくりと開き、性的な昂ぶりに女っぽい甘さを含んだ舌先を潜り込ませてくる。

「和佳奈だって、ずっと連絡をくれなかったじゃないか。あんなふうに部屋を飛び出したから、ぼくからは連絡をしづらくてさ」

「だからって……」

　ふたりは舌先を絡みつかせながら、互いの服に指先をかけ、忙しなく脱がせ合っていく。ふわふわとしたコートがソファの上に舞い落ちることなど気にはならなかった。博光も羽織っていたコートを窓に面したソファの背もたれ目がけて放り投げる。

　彼女が着ていた控えめな花模様のワンピースの胸元のボタンに指先をかける。クリアピンクのネイルで彩られた和佳奈の指先がワイシャツの襟元へと伸び、ネクタイをしゅるりと引き抜いた。

「ああんっ、焦れったくなっちゃうっ」

　他人が身に着けている衣服というのは着慣れたものとは違い、脱がせるのも着せるのも厄介だ。それが異性のものとなれば尚更《なおさら》だ。

ふたりは視線を絡ませ合いながら、ワンピースやスーツを脱ぎ、下着姿になった。

全体がレースの生地で仕立てられている白いブラジャーやショーツからは、彼女の素肌がうっすらと透けて見える。すでにトランクス一枚になった博光の下腹部も、こんもりと隆起していた。

「いつも色っぽいけれど、今夜の和佳奈は特にセクシーに見えるよ」

博光はレースに包まれた半球形の乳房に手のひらを伸ばすと、指先をそっと食い込ませた。弾力に満ちたEカップの乳房が、指先を押し返してくる。

「そんなふうに言っているけれど、本当は浮気でもしていたんじゃないの？　エッチが大好きな博光が、会えない間中ずっと我慢していたなんて思えないもの」

「実は和佳奈と喧嘩した夜に、歩道橋から落ちかけた女性を助けようとして、救急車で病院に担ぎ込まれたんだ」

「えっ、そんなことがあったなんて……」

「打撲と捻挫で済んだけれど、その後も結構痛みが長引いてたんだ。そんな状態で浮気しようなんて気分になると思う？」

博光は真実と嘘をほどよく織り交《ま》ぜた話をした。怪我をしたのも救急車で担ぎ込まれて入院したのも本当だ。しかし、そこで高校時代に初デートをした琴音と再会し、彼女から夜這いをかけられる形でセックスをした。

物事は事実と嘘を絶妙のバランスで練り込むと、真実味が増すらしい。打撲と捻挫で入院をしていた博光が、その後に偶然を重ねて元カノたちと再会し、淫らな関係を持ったなどとは疑いもしないはずだ。

「ああん、そんなことになっていたなんて。連絡をしてくれたら、ちゃんとお見舞いに行ったのに……」

「いや、怪我自体はそんなにひどくはなかったんだ」

「だからって、入院するような怪我をしていたのなら、お見舞いくらいは行くに決まってるわ。もしかして、わたし以外にお見舞いに行くような女性を作っていたとか？」

「ぼくがそんな器用なタイプじゃないのは、和佳奈が一番わかっているだろう。この二年、誕生日もクリスマスも年末年始もずっと一緒に過ごしていたじゃないか」

博光は彼女の疑問を払拭《ふっしょく》するように、一緒という言葉に力を入れた。

「そうよね、大切なイベントはずっと一緒だったのよね。馬鹿みたい、あんなふうに意地なんか張って……」

和佳奈は瞳をうっすらと滲ませた。ひとりぼっちの寂しさを覚えていたのは、彼女も同じだったに違いない。

「手抜きだって怒られたぶんも、会えなかった間のぶんもたっぷりと感じさせてあげるよ。ほら、そこの窓辺に立ってみなよ」

「はあっ、なんて綺麗っ。外から見られそうなのに、興奮しちゃうっ。ガラスのひんやりとした感じが、火照った身体に気持ちいいっ……」

和佳奈はコーナーガラスに上半身をすり寄せた。突き出したヒップの丸みを眺めているだけで、トランクスのフロント部分が湿り気を帯びてくる。

思えば、最後にセックスをしたのは樹里だった。枕営業を持ちかけられたことで気持ちがすっかり醒《さ》めてしまい、それ以来セックスどころか、オナニーさえもする気分にならなくなっていた。

博光は和佳奈のブラジャーの後ろホックをプチンと外した。留め具を失ったことでボリューム感に満ち溢れた乳房がこぼれ落ちてくる。すかさず乳房を下から支え持ち、ずっしりとした重量感と吸いつくような肌の質感を楽しむように揉みしだく。

手の甲にはガラスの冷たさ、手のひらには彼女の乳房の温もりを感じる。その温度差が牡としての本能に火を点ける。

「博光ったら、相変わらずエッチなんだからぁ」

さらなる愛撫をねだるように、和佳奈は極上の肉まんのような張りを見せるヒップをくねらせた。

「わかってるって。今日はたっぷりと頑張るからさ」

情熱的な囁きに、和佳奈は感情を昂ぶらせたように肢体を揺さぶった。和佳奈の手首を摑むと、ラテン系のダンスを踊るみたいに軽やかにターンさせる。

和佳奈は大きなガラス窓に背中を預ける格好になる。博光はショーツに指先をかけると、恥じらいに頰を染める彼女の下腹部からゆっくりと引きずりおろしていく。

「あーんっ、お股が丸見えになっちゃうっ……」

やや薄めの草むらを隠そうとするみたいに、彼女は両の太腿をすり合わせようとした。

「恥ずかしくなんかないよ。久しぶりなんだから、和佳奈の身体をじっくりと見たいんだ。もっともっと足を大きく開いてくれよ」

会えないもどかしさを感じていたのは、彼女も同じだったのだろう。言われるままに、少しずつ両足を開いていく。その身体を支えるように、床の上に膝立ちになった博光は彼女の両手の指の間に指を食い込ませた。いわゆる恋人繫ぎというやつだ。

「立ったまんまなんて、なんだか恥ずかしか……」

羞恥を口にしかけた彼女の声が裏返る。縮れた若草の奥底に隠れている秘密めいた割れ目に、博光の舌先が潜り込んだからだ。

舌先がそっと触れただけで、品よく花びらを閉ざしていた女花から甘蜜がじゅわりと滲み出してくる。それはあっという間に、舌先全体をべっとりと濡らした。

「すごいな。もうこんなに感じちゃってるんだ」

「だっ、だってえ……」

自分自身の濡れっぷりが信じられないというように、和佳奈は半泣きの声を洩らした。とろみの強い愛液は最高のラブローションだ。それをたっぷりと舌先になすりつけるようにして、敏感な部分に舌先を這わせていく。

大淫唇と花びらのあわいも和佳奈が感じるスポットだ。二年も交際していれば、どこをどういうふうに可愛がれば、どんな声を出すのかは手に取るようにわかるようになる。

恋人繋ぎをしていることで、和佳奈は愛情を感じることができるだろうし、博光には彼女の悦びが確実に伝わってくる。ちゅんと閉じていた花弁は厚みを増して、牝蜜をじゅわじゅわと滴り落とす。

それを舌先で受け止めると花びらの上で息づいている、愛らしいクリトリスを舌先で軽やかにクリックする。

「あっ、ああーんっ、そこっ、感じちゃうのぉ。クリちゃん、弱いの……知ってるクセにぃ……」

和佳奈は恥ずかしい秘密を口走った。女にはクリトリス派とヴァギナ派がいる。出産を経験したり、完熟しきった女はヴァギナ派も多いが、二十代や三十代前半の女や未経産婦はクリトリス派が多いらしい。

「この間は手抜きだって言われたぶん、今夜は頑張らないとイケないと思っているよ」

舌先での軽やかなタッチの愛撫に、淫核が少しずつ大きさを増していく。その大きさは快感の強さと比例しているみたいだ。博光はじっくりと狙いを定めて、鬱血した蕩豆《とろまめ》に舌先をまとわりつかせる。

「ああん、気持ちよすぎて……たっ、立っていられなくなっちゃうっ……」

和佳奈は普段は好奇心にきらきらとした光を宿す瞳をぎゅっと閉じた。視界を閉ざしたことで、内なる快感が何倍にも何十倍にも増幅しているみたいだ。恋人繋ぎをしている和佳奈の指先に力がこもり、小刻みに震えている。

「あっ、ダメッ、ダメッ、イッ、イクッ……イッちゃうっ、あぁーん、こんな格好でなんてぇーっ……ハアッ、イッちゃうーっ……！」

大きなガラス窓に背中を預けたまま、和佳奈は天井に向けて顎先を突き出すと、全身をわなわなと震わせた。もはや指先に力を入れることも出来ないようだ。

惚《ほう》けたように倒れ込んでくる和佳奈を、博光はがっしりと受け止めるとベッドへと運んだ。

博光の口元は甘酸っぱい牝蜜まみれになっていた。ゆっくりと顔を近づけると彼女は無我夢中というように唇を重ねてくる。

「今夜の博光ったら、すごすぎるわ。身体ががくがくして……力が入らなくなっちゃうっ……」

博光にキスをしたことで和佳奈の口元も淫蜜まみれだが、それを拭おうともしない。

「あっ、わたしも……わたしもしてあげるっ」

ベッドの上で和佳奈が博光の身体に取り組ってくる。力が入らないと口にしながらも、指先を絡みつかせてトランクスを引きずりおろすと、すでに臨戦態勢になっている肉柱にしゃぶりついてくる。

「おわぁっ、和佳奈っ」

思わず声が出てしまう。考えてみれば、樹里とのことがあって以来、一度もセックスはしていない。それどころか、オナニーさえする気にならなかった。二十八歳の牡の身体には、放出していない欲望が充満しきっている。

「はあっ、博光のオチ×チンだって……こんなになっちゃってるっ……」

和佳奈は嬉しそうな声を洩らした。もしも他の女と愉しんでいたとしたら、こんなにも硬くなったりはしないだろうと思っているのだろう。

「いっぱい、してあげる。いっぱい、しちゃうんだから……」

うわ言みたいに囁くと、和佳奈は口を大きく開け、猛りきった肉柱をゆっくりと飲み込んでいく。さらに裏筋の辺りにも舌先をちろちろと這い回らせる。

肉柱全体に口内粘膜をぺったりと張りつかせて前後左右に軽く揺さぶりながら、快感が束《たば》になったように盛りあがった裏筋を舌先でじっくりと刺激する。

これはあまりフェラは得意ではなかった和佳奈に、博光が、

「男はこうすると悦ぶものなんだ」

と二年をかけて教え込んだ淫戯だ。普段の博光ならば、自らも腰を振って快感を貪るところだが、このところ禁欲者のような生活を送っていたので刺激が強すぎる。

「やっ、やばっ……」

たまらず、情けない声が洩れる。自分が仕込んだダブル攻撃だというのに、このま

までは彼女の口の中で精液を大乱射してしまいそうになる。

お守りに導かれるように運命的な再会を果たしたというのに、そんなことになったら台無しだ。男の意地にかけても、それだけは避けなくてはならない。

博光は肛門括約筋の辺りにぎゅっと力を蓄えた。これで多少は暴発を回避できる。

「せっかくなんだ。早く和佳奈が欲しいよ。和佳奈の膣内《なか》に思いっきりチ×ポをぶち込みたいんだっ」

言うが早いか、博光は彼女の唇からペニスを引き抜くと、一糸まとわぬ肢体をベッドに仰向けに押し倒した。和佳奈の両の太腿を高々と掲げると、そこは意志を持った生き物みたいに妖しい蠢きを見せている。

口唇奉仕で一度絶頂を迎えている和佳奈の蜜裂に、表皮がてらてらと光って見えるほどに張り詰めた亀頭を押しつける。わずかに腰に力を漲らせただけで、濡れまみれた花びらをまとわりつかせながらペニスを嬉しそうに咥え込んでいく。

「ああんっ……いいっ……すっごく硬いっ……反り返ってるみたいっ……」

「すげえっ、ぬるぬるのぐちょぐちょのオマ×コが絡みついてくるっ」

ふたりの唇から同時に悩乱の喘ぎが迸る。久しぶりの正常位が至極新鮮に思える。

ベッドに膝をついた博光は、蜜肉の柔らかさを味わうように腰を前後にゆっくりと振り動かした。

和佳奈にとっても久しぶりのエッチだ。長い黒髪をシーツの上で振り乱しながら、博光の存在を確かめるみたいに宙に指先を伸ばす。まるで恋人繋ぎを求めているようだ。

久しぶりの挿入に快感が急カーブで上昇していく。このままでは、ゆっくりと腰を使ったとしても長くはもたないだろう。

ならばと、博光は再び彼女の両手にしっかりと指先を絡みつかせた。和佳奈の子宮口に亀頭が密着するほど深々と突き入れると、ぶんとおおきく反動をつけてベッドの上で仰向けに反り返る。

「えっ、きゃぁっ……」

ペニスを埋め込まれたままの和佳奈の身体がふわりと浮きあがった。しかし、離れないようにしっかりと恋人繋ぎをしている。

一瞬にして正常位から騎乗位へと体位を入れ替える、少々アクロバティックな大技だ。驚きのあまり、和佳奈は声を出すことすら忘れている。

「ああん、もう……こんなの……」

馬乗りになった和佳奈と視線が交錯する。彼女は、

「今夜の博光って、いつもとはまるで別人みたい……」

と言いながら、唇を重ねてきた。クンニで一度絶頂に導いているので、あとは和佳奈が気が済むまで腰を振ればいい。もしも、膣内《なか》で暴発してしまったとしても、ひと月以上もろくに射精していなかったので萎えることはないだろう。俗に言う、抜かずのというやつだ。

「会わない間に、なんだか男っぽくなったみたい……」

腰をくねらせながら、和佳奈が囁く。今夜は満タンになっているミルクタンクが空になるまでは解放してもらえなさそうだ――。


二カ月半ぶりに感情と身体をぶつけ合い、疲れ果てたのだろう。せっかくツインルームを取ったというのに、ふたりはひとつのベッドに身体を寄せ合うようにして眠り込んでいた。

窓から差し込む光で目を覚ました博光はベッドから起き上がると、テーブルの上に置いていたバッグを手に窓際のソファに座った。散乱した衣服が昨日の痴態を思い出させる。

バッグの奥にしまっておいた、アドリアナから手渡された布袋を取り出す。まだお守りがひとつだけ残っているはずだ。祈るような思いで袋を開けて中身を取り出す。

お守りの玉は手のひらに載せた途端、ゆっくりと形が崩れていく。

「ええっ……」

思わず大きな声を出してしまう。いままでの玉は砂粒のようになり、欠片《かけら》さえも残らなかったのに、玉の中から小さな布切れが現れたのだ。中になにかが入っている。

恐る布切れを開けると、そこにはネオンブルーの石が入っていた。

「どうしたの、大きな声を出したりして……」

胸元を隠しながら、和佳奈が博光の手のひらをのぞき込む。

「どうして、こんなものを持ってるの。これってトルマリンよね。わたしの誕生石だもの」

今度は和佳奈が驚きの声をあげた。

「歩道橋から落ちそうになっていた女性を助けて、怪我をしたって話はしたよね。その人がお礼にってこれをくれたんだ。詳しくは言えないけれど、有名なシャーマンらしいって話だよ」

和佳奈は女だけに、博光よりも宝石には詳しいらしい。ましてやトルマリンは十月生まれの彼女の誕生石だという。

「まさか、これって……。間違いないわ。これってパライバトルマリンじゃないの。この蛍光カラーがパライバトルマリンの特徴なのよ」

「パライバ……トルマリン……？」

その手のことには疎い博光には、まったく意味が理解できない。

「パライバトリルマリンっていうのは希少価値が高くて、いまではダイヤモンドよりも貴重な宝石だって言われてるのよ。それも一カラットくらいはあるわ。こんな高そうなものをどうして……」

和佳奈はトルマリンを大切そうに摑むと光にかざした。

『命の恩人には恩を返さないといけないですからね』

そう言って笑ったアドリアナの表情が蘇ってくる。

「それで、この宝石はどうするの？」

「せっかくもらったんだ。大切にしようよ。そうだ、去年は誕生日プレゼントを渡し損なっていたから、指輪用に加工してもらおうか」

「えっ、こんな高そうな宝石なのに」

「だって、お礼にってくれたものだからさ。大事にしないとバチが当たりそうじゃないか」

博光は笑ってみせた。長い間胸の中でくすぶっていた、元カノたちへ対する思いは霧が晴れるように消えていた。残っていたのは和佳奈への愛情だけだ。

やっぱり、あの女性《ひと》ってすごい人だったんだな……。

『いまの彼女を大切にしなさいな』

独特の口調で、そう笑いかけるアドリアナの声が聞こえた気がした。

（了）

※本作品はフィクションです。作品内に登場する
団体、人物、地域等は実在のものとは関係ありません。

ふたたびの熟《う》れ肉《にく》

〈書き下ろし長編官能小説〉

2022年1月18日初版第一刷発行

著者……………………………………………鷹澤フブキ

デザイン…………………………………………小林厚二

発行人……………………………………………後藤明信

発行所………………………………………株式会社竹書房

〒102-0075 東京都千代田区三番町8-1

三番町東急ビル6F

email：info@takeshobo.co.jp

竹書房ホームページ　http://www.takeshobo.co.jp

印刷所……………………………………中央精版印刷株式会社

■定価はカバーに表示してあります。

■落丁・乱丁があった場合は、furyo@takeshobo.co.jp までメールにてお問い合わせください。

竹書房ラブロマン文庫　近刊目録

※価格はすべて税込です。

好評既刊

長編官能小説
湯けむり商店街
美野　晶　著

さびれた商店街に住む青年の土地で温泉が湧き、彼の周辺には淫らな女たちが集うように…。温もり誘惑ロマン！

770円

長編官能小説
発情温泉の兄嫁
北條拓人　著

憧れの兄嫁と旅行中、青年は美人若女将や奔放な女客に誘惑され、兄嫁とも一線を超える…。混浴の快楽エロス。

770円

長編官能小説
孕ませ巫女神楽
河里一伸　著

地地方神社に伝わるお神楽に発情した美人巫女たちは、青年との愛欲に耽る。肉悦と誘惑の地方都市ロマン長編！

770円

長編官能小説
ふしだら田舎妻めぐり
桜井真琴　著

地方回りの部署に移動となった青年は山村で農家の人妻、離島で美人姉妹らに誘惑されて…！　女体めぐりエロス。

770円